OETING
34

SILAS MATTHES

MIESE OPFER

OETINGER 34

FSC
www.fsc.org
MIX
Papier aus verantwortungsvollen Quellen
FSC® C083411

Edition Oetinger34

Text und Idee von Silas Matthes
Einband von Stefanie Messing
Satz: Das Herstellungsbüro, Hamburg
Druck und Bindung: CPI books GmbH, Leck, Germany
Printed 2015
ISBN 978-3-95882-014-2

Dieses Buchprojekt ist auf Oetinger34.de im Team entstanden.
Autor: Silas Matthes
Junior-Lektorin: Lea Götz

www.oetinger34.de

Für meine Eltern

1

Die Klinge zerschnitt das Braun des Drecksflusses seitlich, schwebte im Wasser zu Boden. Ich rieb mir das Handgelenk.

»You failed«, sagte Leo in abwärtsspringendem Tonfall und lachte. »Das hätte ich ja mit Augen zu besser hinbekommen.«

Ich schnaubte.

»Ja, ich wahrscheinlich auch.«

Wir starrten auf die Klinge, reglos.

»Also ich mach's nicht«, sagte ich.

»Ich auch nicht.«

Leo verschränkte die Arme und grinste dämlich, seine Augen zusammengekniffen, weil die Sonne ihn blendete. Ich dachte darüber nach, ihn einfach reinzuschubsen, aber da wäre eher ich drin gelandet. Also deutete ich anklagend auf mein Schnitzmesser im Schlamm.

»Alter, du hast gesagt, wir machen es auf deine Verantwortung.«

»Machen wir ja auch. Ich habe die volle Verantwortung, aber du hast es reingeschmissen, da musst du es wohl wieder rausholen.«

Er blickte vielsagend zu *seinem* Messer. Es steckte im Stapel zerfallender Gummireifen auf der anderen Seite des Drecks-

flusses, unserem Ziel. Er hatte ja irgendwo recht, aber ich hatte vor unseren Würfen genau das eingetretene Szenario im Kopf gehabt: Leo trifft locker aus dem Handgelenk, ich verlauche den Wurf so sehr, dass ich mir schon beim Loslassen fast zwei Finger abschneide.

Deshalb lief es nur auf Leos Verantwortung, also musste er jetzt in den Drecksfluss (es gab wirklich Schlimmeres, aber das Wasser stank nach Benzin und toten Tieren, und es ging ja irgendwo auch ums Prinzip).

»Also ich mach's nicht«, sagte ich und verschränkte nun ebenfalls die Arme.

»Ich auch nicht.«

Wir standen voreinander, sahen uns böse in die Augen und versuchten, nicht zu grinsen.

Aus der Ferne das Rauschen der Autobahn, wie die Autos über den Asphalt schrubbten. Ein wütendes Hupen. Der abwärtsgerichtete Kondensstreifen eines Flugzeuges zerteilte das Himmelblau. Ich sah ihnen gerne nach, aber ich musste ja Leo ins Gesicht starren. Schwitzte der eigentlich nicht unter dem blonden schulterlangen Haarteppich?

Wir starrten immer weiter. Wir beide mitten im Hinterland des Gewerbegebiets, zerrupfte Wiesen, hier eine zerbeulte Metalltonne, dort ein Plastikrohrstück, weiter weg rostige Gitterzäune vor alten Industriegebäuden. Keiner würde mehr grinsen, geschweige denn aufgeben.

Ich seufzte.

»Was hältst du davon, wenn wir 'ne Münze werfen?«

Leo blähte seine Backen auf. Dann nickte er.

»Ja, okay.«

Ich kramte in meiner hinteren Hosentasche nach dem Zwei-Euro-Stück fürs Eisessen.

»Willst du werfen?«

Ich hielt Leo die Münze hin. Der hob die Hände.

»Nein, nein. Mach ruhig. Ich vertrau dir.«

»Willst du Kopf oder Zahl?«

»Zahl!«

»Okay.«

Ich legte die Münze auf meinen Daumen, schnipste sie hoch und fing sie mit einem Hechtsprung wieder, weil ich sie zu weit nach vorne geschmissen hatte. Ich klatschte sie auf den Rücken meiner linken Hand.

»Kopf!«, rief ich.

Dann schwiegen wir beide ein wenig ratlos.

»Also heißt das jetzt, du musst, oder du musst nicht?«, fragte Leo irgendwann.

Ich dachte nach.

»Keine Ahnung.«

»Hm.«

»Also werfen wir noch mal?«

»… Ja.«

»Also, wenn die Münze Zahl zeigt, musst du das Messer holen, wenn sie Kopf zeigt, muss ich das Messer holen, okay?«, fragte ich.

»Nee, andersrum.«

»Gut, dann andersrum.«

Ich seufzte schon wieder, aber irgendwie war es witzig.

Ich schnipste die Münze hoch, fing sie, diesmal ohne Hechtsprung, klatschte sie auf den Handrücken. Zahl.

»You failed«, sagte Leo schon wieder.

»Ach komm, halt die Klappe.«

Ich grinste und holte mein Handy aus der Tasche, eine alte Vodafone-Schachtel mit zerkratztem Display. Außerdem die Zettel mit unseren Aufzeichnungen für das Brettspiel, das wir entwarfen, *Superblut*. Das war der Kompromiss aus Leos Vorschlag *SuperWar* und meinem *Superheldengehaue*.

Ich stellte mich vor den Drecksfluss und betrachtete ihn, als wäre das da vor mir ein Säurebecken. Zum Glück hatte ich eine kurze Stoffhose an, die trocknete schnell, aber der Geruch würde bleiben. Ach, was auch immer, war ja kein Drama.

Ich drehte mich zu Leo und sah ihn theatralisch an: »Wenn ich es nicht schaffe –«

»Sag so was nicht!«, sagte er und ballte die Faust vor seinem Gesicht.

Einen Moment Luftanhalten, dann prusteten wir los. Sein Lachen klang wie ein müder Hund, meines wie von einem steinalten Professor.

»Wir gucken eindeutig zu viele Filme«, sagte ich.

»Jaa.« Leo zog den rechten Mundwinkel hoch und wiegte den Kopf hin und her. »Vielleicht.«

Ich stellte mich seitlich zum Drecksfluss und begann, mich Schritt für Schritt die Böschung hinabzubewegen. Die Erde an meinen Füßen war kalt und matschig. Plötzlich rutschte sie, ich wäre reingefallen, wenn Leo mich nicht noch am Arm gepackt hätte.

»Pass auf«, meinte er.

»Mach ich doch.«

Er ließ mich los, ich stieg weiter hinab. Ein kurzes Zögern, dann rein in die Brühe. Die dunkle Flüssigkeit schluckte meine Füße, meine Beine, gierig, nach ein paar Schritten ging mir der Mist bis zur Hüfte. Eigentlich eine willkommene Abkühlung, man durfte nur nicht an den ganzen Scheiß denken, aus dem sie bestand.

»Boah, hier unten stinkt's noch mehr.«

Ich hielt mir die Nase zu und holte röchelnd Luft.

»Ja, was meinst du, warum ich nicht gehen wollte?«, meinte Leo.

Ich sah zu ihm hoch.

Die Sonne schien ihm in den Rücken, sodass er da wie eine schattenhafte Statue stand, die Hände in die Hüften gestemmt. Okay, eine echt dürre und krumme Statue, aber es sah schon cool aus. Er lächelte.

Mir kam der Gedanke, dass ich Jahre so verbringen könnte, jahrelang mit Leo die Zeit verschwenden, indem wir hier rumhingen, uns irgendwelchen Scheiß ausdachten, uns von der Sonne zu Statuen brennen ließen.

Und dann sah ich den Wolf. Er tauchte hinter Leo auf und sprang ihn an, bevor ich etwas sagen konnte. Mordlust im Blick.

Leo flog in den Drecksfluss, neben mich. Eine braune Fontäne schoss mir ins Gesicht, das Zeug schmeckte tot.

Der Wolf, genannt Sebastian Dunker, stieß ein heulendes Lachen aus.

Da stellte sich auch der Rest seines Rudels in die Sonne und

heulte mit: Haru, Jannek, Mario und Lars. Die ganze Bande versammelt. Sie kriegten sich gar nicht mehr ein.

Neben mir tauchte Leo aus der Brühe auf, die Haare klebten an Kopf und Hals wie eine zweite Haut.

»Ihr seid so fertig, ehrlich«, meinte Dunker und wischte sich die Tränen aus den Augen. »Der eine badet im Mock, und der andere guckt zu. Herrlich, hä.«

Wir schwiegen.

»Hier habt ihr also die ganzen Ferien gesteckt, hä – in der Scheiße. Ich hätte es wissen müssen.«

Wieder lachte sein Rudel, wie auf Kommando. Ich sah dem Anführer kurz in die Augen, dann gleich auf seine Schuhe – weiße Lacoste-Treter, aber ein bisschen dreckig, die trug er schon seit Frühling. Ich kannte beides gut, Schuhe und Gesicht. Die farblos-gräulichen Haare an den Seiten kurz, in der Mitte länger und nach links gegelt. Das schmale Gesicht mit den scharfen Wangenknochen.

Aber der Grund, warum ich zu Boden sah, waren nicht seine angelegten Ohren oder seine spitzen Eckzähne. Es waren die Augen, ich konnte ihm einfach nicht in die Augen gucken, hatte ich nie gekonnt.

»Darauf sollten wir anstoßen.« Haru, der Japaner mit den blondgefärbten Haaren, entschraubte eine Colaflasche, in der sicher nicht nur Cola war. »Auf die Kackeschwimmer.«

Er stieß mit Marios Rotweintetrapak an, Mario gluckste einfältig vor sich hin. Wir schwiegen.

Dunker zog die Nase hoch. »Na ja, wir wollen jetzt mal in Ruhe saufen gehen.«

Ich atmete auf.

»Wir sehen uns dann übermorgen, hä. Ich freu mich auf euch. Hä, hä, hä, hä, hä.«

Ja, so lachte er wirklich.

»Ach, guck mal, Pferdefresse.« Damit meinte er Leo, zu Unrecht, seine Kopfform war länglich, aber sein Gebiss schmal. Mich nannte er Aasgeier. Dunker deutete auf ein Kartonstück, das uns mit der fetten Aufschrift »Mangelware« entgegendümpelte: »Da kommt deine Mutter.«

Jetzt brachen sie wieder alle in Gelächter aus und patschten Dunker auf die Schulter, als hätte er Olympia gewonnen. Aber zum Glück beließen sie es dabei und zogen ab. Die Sonne spiegelte sich auf dem Drecksfluss.

»Na, immerhin ist es jetzt fair«, sagte ich und versuchte die Sache mit Humor zu nehmen, wie wir es immer taten. Aber dann sah ich zu Leo und mein Körper begann in der Kälte des Wassers zu frösteln.

Leo stand da und sah Dunker und den anderen nach. Seine Hände hielt er knapp über der Wasseroberfläche, zu Fäusten geballt. Aber was mich fertigmachte, war sein Blick. Er starrte denen hinterher, als wolle er sie umbringen. So voller Wut – so wie Hulk. Ja, genau wie Hulk, nur ohne Muskeln, aber wütender, *zerfleischender*.

»Leo?«, fragte ich, als stünde da vor mir ein Fremder.

Leo starrte weiter.

Dann endlich ließ er die Fäuste zurück in die Brühe sinken und entspannte sich. Er sah zu mir rüber, und seine Augen gehörten wieder ihm.

»Ja, da hätten wir uns das Münzengewerfe sparen können.«

Er lächelte. Aber der Rest seines Gesichts bewegte sich nicht.

Ich holte das Messer vom Grund, und wir kletterten aus dem Drecksfluss. Leo begutachtete sein iPhone – hinüber, aber zum Glück versichert.

Dann machten wir uns wie zwei Moorleichen auf den Weg zu Leo nach Hause, stinkend und triefend. Das Eisessen ließen wir sein. Hätten wir wahrscheinlich sowieso.

2

Die 12-Uhr-Sirene weckte mich. Ich blieb noch eine Stunde liegen und döste. Dann fuhr ich den PC hoch und holte mir zu Carla Harskes Strandfotos auf Facebook einen runter. Ich liebte Carla dafür, dass sie ihr Profil nicht auf privat hatte und für diese Fotos, die ihren braun gebrannten Körper in einem knappen Bikini zeigten.

Ich klickte mehrmals zwischen zwei Bildern hin und her. Auf einem lag sie auf der Seite, Blick sexy in die Kamera, Brüste und die schlanken Oberschenkel gut zu sehen. Auf dem anderen lag sie auf dem Bauch, das Foto ein bisschen von oben, sodass ich ihren Arsch, den das Bikinihöschen wirklich nur als ein Streifen in der Mitte bedeckte, bewundern konnte.

Ich entschied mich für das zweite Bild.

Danach ging ich auf Klo, wusch mir die Hände, putzte Zähne und runter zum Frühstück. Meine Mutter hatte Brötchen geholt und Nutella und Butter aufgedeckt gelassen. Daneben ein Zettel:

Bin mit dem Rad los, komme spät.
Kuss
Mama

Meine Mutter fuhr oft mit dem Rad los. Sie hatte so ein Rennrad, das überhaupt nicht zu ihr passte. Ich hatte einmal versucht, mit meinem Klapperfahrrad mitzufahren, aber nach zwei Kilometern war mir die Puste ausgegangen. Wir hatten die Räder getauscht, aber viel hatte das nicht geändert. Seitdem gingen wir zu Fuß, wenn wir zusammen unterwegs sein wollten.

Ich schmierte mir Nutella aufs Brötchen und frühstückte, während ich in der Zeitung blätterte, ohne wirklich zu lesen. Ich war fast fertig, da klingelte es. Die letzte Brötchenhälfte schob ich mir ganz in den Mund und machte Leo auf, er lachte.

»Du siehst jeden Morgen verpennter aus.«

»Kannst ja wieder gehen.«

»Nope. Dazu hätte ich den Bass nicht mitschleppen brauchen.«

»Eigentlich bist du nur neidisch, weil dich deine Eltern zwingen um 10 Uhr mitzufrühstücken.«

»Gleich geh ich wirklich, du Arsch«, sagte Leo und schob sich durch die Tür.

Seine Eltern waren nicht die Sorte, die ihm groß was vorschrieben, im Gegenteil. Aber es störte sie, dass Leo nachts zockte, und weil sie ihm nichts verbieten wollten, versuchten sie es mit dem Frühstückstrick – das war jedenfalls meine Theorie.

»Wollen wir gleich ’n bisschen jammen?« Leo versuchte dabei zu gucken wie der Sänger von den Foo Fighters.

»Von mir aus. Aber wir müssen *Superblut* auch noch weitermachen, ich hab ein paar neue Ideen.«

Wir gingen ins Wohnzimmer, wo das Klavier stand. Ein schwarzer glanzloser Kasten mit weißen Kratzern. Das tiefe E und das hohe A waren schief und auch sonst stimmten die Töne nur halb zusammen. Meine Mutter nannte das Ding antik, ich nannte es schäbig. Und trotzdem mochte ich es mehr, als ich ein neues Klavier gemocht hätte, und wäre es noch so edel gewesen.

»Lass uns erst mal ein bisschen warm spielen und dann zeig ich dir was geiles Neues«, sagte Leo.

Er setzte sich auf einen Stuhl neben dem Klavier und hängte sich den Akustik-Bass um, jetzt versuchte er vermutlich Korn unplugged zu imitieren.

»Hau mal 'nen Beat rein«, meinte er zu mir.

»Wollen wir nicht gleich 'n Lied spielen?«

»Nee, doch nicht fürs Warm-up, lass uns lieber einfach so jammen.«

Ich seufzte.

»Okay, dann spiel ich in –«

»Halt! Nicht die Tonart verraten, das kommt übers Feeling. So ohne Worte, verstehst du? Damit ich in den Flow komme.«

»Ich verstehe«, sagte ich und fing an in C-Dur zu spielen.

Ich war kein Virtuose am Klavier, meine Finger krampften schon bei Yann Tiersen, wenn ich versuchte, die Stücke im richtigen Tempo zu spielen. Und das, obwohl ich seit sieben Jahren dabei war. Aber ich hatte das mit den Harmonien verstanden und konnte aktuelle Lieder nachspielen, solange ich mir dabei eben nicht die Finger verdrehen musste.

Ich klimperte die Turn-Around-Formel in C-Dur, was Leichteres fiel mir nicht ein. Leo schaffte es trotzdem, mit dem dissonantesten Ton einzusteigen, der möglich war. Er brauchte mindestens zehn Minuten, bis er die richtige Tonart gefunden hatte, und das wahrscheinlich nur, weil ich erleichtert ausatmete, als die Harmonien endlich zusammenpassten.

Man musste Leo zugutehalten, dass er erst seit drei Jahren spielte und sich alles im Internet beibrachte. Für die Verhältnisse war er zugegeben nicht schlecht. Er war grottenschlecht. Dass er die Sache noch nicht aufgegeben hatte, konnte ich mir nur damit erklären, dass er es noch nicht gemerkt hatte. Und trotzdem: Ich konnte mir keinen besseren Mitmusiker vorstellen als ihn. Mit Ryan Tedder von OneRepublic hätte es nicht mehr Spaß gemacht.

So klimperten wir also eine ganze Weile. Leo verfehlte konsequent die Eins und wippte dabei wie eine hypnotisierte Taube. Ich versuchte mich seinem Tempo anzupassen, das ständig wechselte.

»Und jetzt pass auf«, stieß Leo unter höchster Konzentration hervor, »Beatbox.«

Und dann fing er an »dumm« und »pfff« und »dusch« zu machen, während er an den Basssaiten zerrte. Wenn er vorher noch grob am Takt orientiert war, verlor er den jetzt völlig. Seine Beatboxtöne hörten sich an wie eine fremde, ziemlich unterentwickelte Sprache, aber nicht wie ein Schlagzeug.

Da konnte ich nicht mehr. Ich hörte auf zu spielen und brach in Gelächter aus, mein Körper schüttelte sich.

»Was denn?«, fragte Leo verwirrt.

»Nichts … es …«, ich konnte mich kaum zusammenreißen, »ist nur die Beatbox. Die ist, glaub ich, nicht so deine Begabung.«

»Nicht?«

»Nee, wirklich nicht.«

»Ach so«, meinte Leo und dann spielten wir weiter, ohne Beatbox.

Wir gammelten den ganzen Tag bei mir rum, Leo schlief bei mir, also gammelten wir auch noch den nächsten Tag bei mir rum. Irgendwie war uns nicht mehr so danach, zu unserem Revier hinten beim Gewerbegebiet zu gehen.

Abends verschwand Leo dann nach Hause. Ich legte schnell die Wäsche zusammen. Danach aß ich mit meiner Mutter, sie hatte Pizza gemacht. Es war Sonntag.

»Alles in Ordnung bei dir?«

Die Frage hätte mich nerven sollen. Wenn die Mutter den 15-jährigen Sohn ganz plump fragt, ob alles in Ordnung ist, dann nervt das. Aber bei meiner Mutter war das nicht so. Die durfte das fragen, sogar in so gluckig-besorgtem Tonfall.

Sie schaute mich aus aufmerksamen grünen Augen an. Ihr Gesicht blass, die blonden Haare eher dünn. Ja, sie durfte das fragen, meine Mutter. Eine ganz und gar ehrliche Antwort konnte ich ihr trotzdem nicht geben.

»Hab nur keine Lust auf Schule.«

»Ah, versteh ich.«

Verstand sie natürlich nicht, weil sie nicht wusste, worauf ich wirklich keine Lust hatte. Dunker. Das Wort war ein Fluch. Hätte Harry Potter das beim Kampf gegen Voldemort gesagt, da hätte er sich die ganze Geschichte mit den Heiligtümern des Todes sparen können. Ein Schwenker mit dem Zauberstab hätte gereicht und dazu dieses Wort. Dann wäre ein grau-stacheliger

Strahl aus der Spitze gedonnert und hätte den dunklen Lord kompromisslos zerfetzt. Crucio, Avada Kedavra oder andere Amateurzaubersprüche hin oder her.

»In zwei Wochen kommt übrigens Onkel Markus mit Familie zu Besuch.«

»Ah, cool«, sagte ich mit vollem Mund.

Das war wirklich cool. Unser Haus war dann so voller Leben. Von mir aus hätten die hier einziehen können.

Ich mampfte meine Pizza weiter und dachte an morgen.

»Und wie kommt ihr mit eurem Spiel voran? Habt ihr euch geeinigt, ob man diese verschiedenen Kräfte kombinieren kann?«

Ach, ich liebte meine Mama.

»Ja, haben wir«, sagte ich, wieder mit vollem Mund. »Du kannst jetzt die Klingen und die Selbstheilungskraft von Wolverine haben und gleichzeitig die Spinnenfähigkeiten von Spiderman. Oder du hast den Schild von Captain America und fliegst auf dem Glider vom grünen Kobold.«

Ich erzählte das ganze Abendessen von unseren neuen Ideen, und meine Mutter kommentierte hin und wieder. Und erst nachdem wir abgedeckt und den blöden Tatort im Ersten geguckt hatten, bei dem wir unser Wettbüro aufmachten, wer der Täter war – ich verlor zwei Euro, meine Mutter gewann einen –, erst danach im Bett, als ich die Dunkelheit einatmete, dachte ich wieder an Dunker.

Es dauerte, bis ich einschlief.

3

Ich fühlte mich fiebrig, aber ich wusste, dass ich nicht wirklich krank war. Vielleicht hatte ich eine allergische Reaktion gegen die Schule. Da ich so ungefähr gegen alles von Tierhaaren bis Kiwi allergisch war, fand ich die Idee nicht schlecht. Wenn ich dort ankäme und plötzlich finge meine Haut an zu jucken, dann stand es fest, dann musste ich nie wieder dahin. Ich müsste dann nur noch zum Arzt, mir ein paar Tropfen Schule auf den Unterarm träufeln lassen, das würde sich dann heftig röten, und der Arzt würde sagen:

»Oh, oh, oh. Da haben wir es ja mit einer richtig gesundheitsgefährdenden Form von Schulallergie zu tun, Sie dürfen da nie wieder hin, oder Sie müssen mit bleibenden Schäden rechnen.«

Aber dann würde ich Leo im Stich lassen.

Also stand ich auf, ging aufs Klo, wo ich fast noch einmal einschlief, duschte und verlor den Kampf gegen meine Haare. Irgendwo stand immer was ab, selbst mit Duschen.

Der Dialog zwischen meiner Mutter und mir beschränkte sich auf »Morgen«, »Morgen«, »Kann ich mal Nutella?«, »Tschüss« und »Tschüss«. Für die Uhrzeit war das eine sehr lange Unterhaltung.

»He, Wiegel!«, hörte ich meinen Nachbarn Sabelmann von links über unseren Vorgarten hinwegbrüllen, als ich aus der Haustür ging. Sabelmann selbst blieb hinter der großen grünen Hecke versteckt.

»Weißt du, was ich gestern in meinem Garten gesehen habe? Einen Grünspecht.«

»Tatsächlich? Bist du dir sicher, dass es kein Buntspecht war? Die sind nämlich gar nicht so selten«, rief Wiegel vom rechten Nachbargrundstück aus zurück.

Hinter dem Zaun befand sich eine Reihe gestutzter Büsche, und in einer der Lücken konnte ich einen Teil von Wiegels kleinem, kugelbauchigem Körper erkennen.

Warum standen diese Rentner nur so früh auf? An deren Stelle würde ich jeden Tag mindestens bis zwölf pennen.

»Nein, nein. Es war ein Grünspecht. Der fühlte sich richtig wohl in meinem Garten.«

»Hast du ein Foto gemacht?«

»Nein. Glaubst du mir etwa nicht, Wiegel?«

»Doch, doch. Mit Foto wäre es nur eindeutiger, dass du einen Grünspecht und keinen Buntspecht gesehen hast.«

Ich mochte weder Wiegel noch Sabelmann. Sabelmann versuchte mich immer in Gespräche zu verwickeln, was an sich nicht schlimm gewesen wäre, wenn er sich dabei nicht wie ein altkluger Großvater aufgeführt hätte. Er versuchte natürlich, weise zu klingen, aber das war er nicht. Ich hatte schon einen Großvater, und der war weise. Na ja, Sabelmann tat mir dann auch immer leid, wie er mich da zutextete, die knochigen Arme hinterm Rücken haltend, und ich ließ ihn meistens reden.

Mit Wiegel wechselte ich kein Wort, nie. Ich hatte ihn mal dabei entdeckt, wie er am Fenster stand und in unser Bad starrte. Meine Mutter war gerade duschen gegangen. Ich war nach draußen gelaufen und im Garten rumgewandert, sodass Wiegel sich hatte verziehen müssen. Und meiner Mutter hatte ich gesagt, sie solle doch mal die Vorhänge beim Duschen zuziehen. Aber mit Wiegel redete ich kein Wort mehr. Bei meiner Mutter hörte der Spaß auf.

Ich pflückte im Garten Löwenzahnblätter (da musste ich nicht lange suchen, die kleine Rasenfläche bestand weniger aus Rasen, mehr so aus Löwenzahn, Gänseblümchen und Moos) und fütterte meine Meerschweinchen in ihrem Käfig unter dem Carport.

Sie fiepten aufgeregt, weil sie endlich was Frisches zu essen bekamen – und sogar ihr Lieblingsessen. Obwohl, die Viecher fiepten eigentlich immer. Waren sehr mitteilungsbedürftig.

Hildegard und Gertrude. Als ich mir die Namen aussuchen sollte, hatte ich das witzig gefunden. Hildegard war zwei Jahre jünger als Gertrude, sie hatte glatt-schwarzes Fell und einen dicken Hintern. Gertrude hatte superbuschiges Fell, riesige Vorderzähne und sah immer ein bisschen verrückt und wie kurz vorm Amoklauf aus.

Ich verabschiedete mich von Gertrude und Hildegard, wünschte ihnen einen schöneren Tag als mir, sie fiepten als Antwort. Wiegel und Sabelmann diskutierten mittlerweile darüber, ob bei Wiegel im Garten tatsächlich die Gewölle einer Eule lagen und wenn ja, ob diese Gewölle seltener seien als ein Grünspecht.

Ich ging auf die Straße, bergabwärts in Richtung Schule. Ich hatte nicht weit zu laufen, genau 687 Meter (Leo und ich hatten das mal mit einem Fahrradtacho ausgemessen). Erst die Büchnergasse lang, dann ein Stückchen auf dem Stresemannweg, schon war ich an der Hauptstraße, folgte ihr 189 Meter, vorbei an Subway und dem Kosmetik-Nagelstudio, bog nach links ab und war am Gymnasium Wolstedt.

Ich wartete am Fahrradständer, ein bisschen abseits und hinten. Die Luft noch feucht, über dem Boden der Tau, aber in ein paar Stunden würde die Sonne wieder knallen wie sonst was.

Schon bitter, dass die Ferien so früh angefangen hatten, dass jetzt Mitte August die Schule wieder losging und wir uns im Hochsommer die Hirne ausschwitzen mussten.

Die Trägheit der Ankommenden hatte etwas Faszinierendes. Sie wirkten wie Hypnoseopfer, nur ein paar sehr seltsame Leute machten einen motivierten Eindruck.

Nach sechs Minuten kam Leo auf dem Fahrrad angerast. Mann, der hätte bestimmt mit meiner Mutter mithalten können; der Rücken rund über das Gestell gebogen.

»Ach, du auch hier«, sagte er, kaum außer Atem.

Ich lächelte halbherzig und sah danach aufmerksam auf den Schulvorplatz.

Leo stieg vom Rad, schloss es ab, und wir gingen hinein. Ins Lande Mordor, wo die Schatten drohen.

In unserem Klassenraum hatte sich die Fahrradständerträgheit verzogen, dafür erzählten sich jetzt alle von ihren Ferien. Marvin gestikulierte dabei so wild, dass er Leif aus Versehen den Finger ins Auge rammte.

Leo und ich huschten in die Ecke vorne rechts. Da die Rangordnung einer Klasse sich absteigend zur Nähe vom Lehrerpult zeigte, hätten wir eigentlich auf dem Lehrerpult Platz nehmen müssen, aber das ging ja nicht.

Hinten links hockten Lars und Mario, sie saßen auf den Tischen und erzählten Carla Harske von irgendwelchen Saufaktionen aus den Ferien.

Carla, oh Mann, nach jeder Ferienpause kam die heißer zurück in die Schule. Und jetzt noch mit der braunen Haut und den Hotpants, die ihren Arsch so schön betonten. Ich hatte einen heftigen Ständer.

Frau Bresse kam rein, wir hatten Politik. Eigentlich bekamen wir neue Lehrer, aber Frau Bresse hatten wir irgendwie behalten. Die coolen Lehrer behielt man nie.

Die winzige Frau mit den schulterlangen graubraunen Haaren und den riesigen Fettpolstern an der Hüfte – ansonsten war sie schlank – musste lange warten, bis sie anfangen konnte. Und selbst dann war es nicht wirklich ruhig. Sie fragte uns zum Einstieg, welche politischen Ereignisse wir denn in den Ferien mitbekommen hatten. Vereinzelte Hände gingen hoch, einsilbige Antworten und ein Gag von Justus, dass er in einem Selbstexperiment das Leben eines Hartzers nachempfunden hatte, mehr kam nicht.

Das passte Frau Bresse, denn jetzt konnte sie das machen, was sie am liebsten tat: von sich selbst erzählen. Sie fing an mit irgendeiner politischen Sache, kam aber im Sprinttempo zu den

Rehen, die die Erdbeeren in ihrem Garten aufgefressen hatten. Leo und ich schalteten ab, aber mit unserem Sitzplatz ganz vorne konnten wir nichts nebenbei machen.

Ich wagte einen Blick zu den hinteren Reihen. Dort redeten alle, einige zeigten sich irgendwelche Sachen auf ihren Smartphones. Lars sagte etwas, Mario boxte ihm gegen die Schulter und grinste dümmlich. Cedric – sehr klein, dunkle Lockenhaare, hellblaue Augen und kräftige Lippen – saß zwischen Merle und Tara. Er legte Tara die Hand aufs Knie und rückte damit ein kleines Stück den Oberschenkel hoch, sagte etwas, rückte noch ein Stück, dann schlug Tara seine Hand weg und lachte. Cedric drehte sich zu Merle und legte ihr die Hand aufs Knie. Ich wandte mich wieder um, und gemeinsam glotzten Leo und ich willenlos nach vorne, als hätte man uns mit Medikamenten ruhiggestellt.

Nach vierzig Minuten fühlte ich mich, als wäre ich schon seit zwei Jahren und 198 Tagen in der Schule. Frau Bresse erzählte gerade von ihrer Vorliebe für Stachelbeeren.

Die letzten fünf Minuten waren dann wie Jahrhunderte, ich fragte mich, ob ich beim nächsten Blick in den Spiegel einen Typen mit grauweißen Haaren und faltigem Gesicht sehen würde. Es klingelte zur kleinen Pause. Wir gingen zum Fenster, Leo öffnete es weit.

Die Luft draußen erhitzte sich schon, aber noch lag unser Klassenraum im Schatten. Gegen Mittag würde die Sonne hier ankommen und dem Raum Tropenklima verpassen.

Plötzlich knallte mir etwas schmerzhaft von hinten gegens Ohr. Ich duckte mich, aber es kam nicht noch mehr. Mario ging an uns vorbei, aus dem Klassenraum. Leo hielt sich irgendwie nachdenklich das Ohr, war dem Fingerschnipser auch nicht entgangen.

»Denen fällt auch nichts mehr ein«, meinte ich und versuchte zu grinsen.

»Mh«, machte Leo nur.

Was war mit dem Kerl bloß los?

Wir schauten aus dem Fenster und schwiegen. Nach gefühlt einer Minute war die Pause wieder vorbei. Wir setzten uns an unseren Platz, Frau Bresse machte weiter, teilte dabei aber immerhin ein Arbeitsblatt über die Eurokrise aus. Mario kam zu spät und zwiebelte mir noch einen Fingerschnipser hinter die Ohren.

»Wenn plötzlich die Zombieapokalypse losgehen würde, was würdest du machen?«, fragte Leo.

Wir schlenderten hinten bei der Reihe aus Eichen- und Ahornbäumen hin und her. Das Gebrüll der Fußballer, die Kugel flog am kleinen Metalltor vorbei in unsere Richtung. Wir taten so, als hätten wir es nicht gesehen.

»Keine Ahnung, du?«

Ich suchte den Pausenhof mit den Augen ab, konnte Dunker noch immer nicht entdecken. Gut. Die große Pause war gleich vorbei.

»Ich würde versuchen, uns so schnell wie möglich aus der Stadt rauszubringen. Mit dem Auto.« Leo beschleunigte seinen Gang. »Man muss sich in Gegenden aufhalten, wo wenig Menschen leben.«

»In den Bergen wäre es wahrscheinlich am sichersten.«

»Aber nicht im Sommer, da ist alles voller Wandertouristen«, Leo kniff die Augen zusammen, »und im Winter alles voller Skifahrer.«

»Ja, aber wir könnten ja auch zu Bergen hinfahren, wo es keine Touristen gibt. Wenn man da oben erst mal wäre, dann hätte man ein relativ sicheres Leben.«

Leo wiegte den Kopf hin und her.

»Hört sich nicht schlecht an, aber wir vergessen die Zombiefilme.«

»Was?«

»In den Zombiefilmen ist das auch nie so einfach, da ist man plötzlich voneinander getrennt, und irgendwie finden die Zombies einen dann doch.«

»Ja«, ich hob den Zeigefinger, »aber wir wüssten ja, wie die Filme ablaufen und wären auf alles vorbereitet.«

»Und wenn deine Mutter zum Zombie wird?«, fragte Leo.

»Meine Mutter wird nicht zum Zombie.«

»Und wenn es dann doch passiert?«

»Es passiert halt nicht, okay?!«

Es klingelte zum Unterricht. Alle liefen auf die Eingänge zu, wo sie sich dann zu einem Menschenpulk stauten. Wir ließen das Zombiethema sein und machten uns auch auf den Weg.

Dunker war tatsächlich nicht vorbeigekommen. Das war am Anfang vom letzten Schuljahr zwar öfters mal vorgekommen, aber kurz vor den Sommerferien war eigentlich echt Verlass auf ihn gewesen.

Vielleicht war er ja gar nicht in der Schule. Vielleicht waren seine Noten so schlecht, dass seine Eltern und die Lehrer sich besprochen hatten und zusammen zu dem Ergebnis gekommen waren, dass es das Beste wäre, wenn Dunker nicht mehr hier zur Schule ginge. Dunker hatte das niemandem erzählt, nicht mal seinen Kumpels, und plötzlich war er weg, plötzlich hatten die alle kaum noch Kontakt, und die ganze Clique zerbrach.

Dann fiel mir ein, wie ich mal durchs Fenster gesehen hatte, dass Dunker im Unterricht neben Chris Müller saß. Chris Müller war so ungefähr der schlaueste Mensch unserer Schule, der hatte schon bei irgendwelchen landesweiten Wissensturnieren gewonnen und wahrscheinlich etwa einen Notenschnitt von Minus 1.

Vielleicht war Dunker also doch noch auf dieser Schule.

Wir kehrten in unsere Klasse zurück, Mathe. Frau Wiegel – ja genau, die Tochter von meinem Rentnernachbarn Wiegel, ob die wohl auch durch fremde Badezimmerfenster starrte? – kam ohne Umschweife zur Sache. Sie stellte sich in zwei Sätzen vor, forderte uns auf Namensschilder zu machen und fing mit dem Unterricht an.

Ich drehte mich kurz nach hinten um, mindestens fünf Witzbolde hatten »Hubert« oder »Helmut« auf ihr Schild geschrieben. Ich schrieb »Ferdinand« auf meins. Leider war das bei mir kein Witz.

Ferdinand, der Name war außer meinem knochigen Körper und der leichten Hakennase alles, was ich von meinem Vater hatte, jedenfalls soweit ich wusste. Ich kannte ihn nur von Fotos, und meine Mutter redete nicht gern über ihn. Aber sie hatte mir verraten, dass sie mich Lukas genannt hätte.

Ach ja, und nach ein paar Gläsern Wein hatte sie mal erwähnt, dass mein Vater ein Arschloch war, weil er sie geschwängert und dann ziemlich bald verlassen hatte. Ab ins Ausland, klarer Fall von Vaterflucht.

Frau Wiegel schrieb mit quietschendem Stift einige Zeichen an die Tafel: $(a+b)^2$

»Nun, weiß jemand, wie man diese Klammer auflösen kann?«, fragte Frau Wiegel.

Leo meldete sich als Einziger.

»Ja«, Frau Wiegel guckte auf Leos Namensschild und kniff die Augen zusammen, »… Leo.«

»Ach, halt einfach die Fresse, Leo«, kam es halblaut von hinten, sodass Frau Wiegel es nicht hören konnte.

»A Quadrat plus zwei a b plus b Quadrat.«

Leo sagte das ziemlich arrogant, besonders weil wir ja noch nie so eine Aufgabe gehabt hatten. In solchen Momenten war er mir unsympathisch.

Dann begann Frau Wiegel sehr anschaulich zu erklären, was eine quadratische Gleichung war und wie man sie auflösen konnte und so weiter. Die meisten hörten sogar zu, weil Frau Wiegel mit ihrem streng nach hinten gebundenen Zopf einen recht humorlosen Eindruck machte.

Ich verstand nichts. Zum Glück hatte ich Leo, der mir das dann später erklären würde. Bei Mathe machten meine Gehirnwindungen rein aus Protest die Schotten dicht, da konnte ich echt nichts für.

Irgendwie ging dann auch Mathe zu Ende, und auch die zweite große Pause lungerten wir erfolgreich bei der hinteren

Baumreihe des Schulhofs rum. Danach ging es hoch zu den Bioräumen. Schülergewusel durch alle Gänge.

Leo und ich standen mit dem Rücken an die Wand gelehnt, die Beine schräg nach vorne als Stütze, ich rechts, er links. Auf einmal wurden meine Füße weggehebelt. Kein Halt, mein Körper hebelte hinterher, mein Kopf auf die Fliesen wie ein Blumentopf vom Balkon. Schmerz. Durcheinander, mein Kopf ein einziges Durcheinander. Ich machte die Augen auf, sah nach oben, alles irgendwie verschwommen, aber ich konnte den Wolf sehen, wie er die Lefzen hochzog.

»Oooooooh. Hast du dir wehgetan? Hä, hä, hä, hä, hä.«

Noch andere lachten. Dann verschwand er auch schon in den Schülermassen.

Leo half mir hoch, da drehte sich alles noch mehr.

»Geht's?«, fragte er.

»Passt schon«, sagte ich und versuchte mir nichts anmerken zu lassen.

Die beiden Biostunden gingen irgendwie an mir vorbei. Irgendeine neue Lehrerin, irgendwas über rote und weiße Blumen und einen Herrn Mandel und seine Regel. Leo, der mich zwei oder drei Mal fragte, ob alles in Ordnung sei. Und Kopfschmerzen, die meinen ganzen Schädel füllten wie ein Wespenschwarm.

Leo bestand dann darauf, mich nach der Schule zu begleiten. Das war ganz gut, denn ich kotzte auf unsere Auffahrt, das konnte er dann mit dem Wasserschlauch wegmachen. Er brachte mich nach oben ins Bett, und ich sagte, dass ich jetzt schon klarkomme oder so was. Er blieb dann noch, bis ich wegpennte.

Meine Mutter weckte mich, und mein Schädel wummerte noch immer. Wenn ich gekonnt hätte, hätte ich noch mal gekotzt.

»Du siehst krank aus«, sagte meine Mutter und fühlte meine Stirn. »Kein Fieber. Was ist los mit dir?«

»Weiß nicht«, sagte ich und entdeckte, dass Sprechen scheiße wehtat, »mir ging's nur 'n bisschen dreckig. Aber das läuft schon.«

Ich wollte mich aufsetzen, ließ es dann aber doch bleiben, weil sich da so Einiges drehte.

»Du bleibst schön im Bett.« In dem Tonfall ließ meine Mutter nicht mit sich reden.

»Ich mach dir einen Kamillentee.«

Kamillentee, meine Mutter hielt das für eine Allzweckwaffe gegen Krankheit, ich hasste das Zeug. Schmeckte wie totes und längst mumifiziertes Wasser.

»Und was ist mit Terra X?«, fragte ich.

Wir hatten noch keine Folge verpasst.

Meine Mutter drehte sich zu mir um, und trotz Schädelhämmern konnte ich erkennen, dass sie das genauso scheiße fand wie ich, aber ihren Mund bewegte sie stählern.

»Heute kein Terra X.«

In der Nacht musste ich noch mal kotzen, zum Glück schaffte ich es irgendwie zur Kloschüssel. Als ich mich umdrehte, stand meine Mutter im Türrahmen, und mir fiel auf, wie schmal sie geworden war. Und obwohl ich bis aufs Kochen den ganzen beschissenen Haushalt inklusive Garten machte und auch sonst half, wo ich konnte, fühlte ich mich plötzlich unglaublich nutzlos. Ich hing da über der Kloschüssel, den Kotzgeschmack im Mund, wartete, ob noch was kommen würde, dachte daran, dass wir Terra X verpasst hatten, und fühlte mich wie der nutzloseste Mensch auf der ganzen bescheuerten Welt.

Ich war ziemlich wacklig auf den Beinen, also half meine Mutter mir ins Bett und brachte mir einen nassen Waschlappen, um den Mund abzuwischen.

4

Ich blieb den nächsten Tag zu Hause. Ich wollte zur Schule, ich konnte Leo nicht alleine lassen, aber meine Mutter verbot es mir.

»Ich will dir da eigentlich nicht reinreden. Aber du siehst wirklich nicht gut aus. Bleib doch bitte zu Hause«, sagte sie, und auf ihrer Stirn zeichneten sich dünne Sorgelinien ab.

Ich schluckte und nickte. »Okay.«

»Und … du hast wirklich keine Idee, wo du das herhaben könntest?«, fragte meine Mutter.

»Nee, wirklich nicht«, sagte ich vielleicht einen Tick zu schnell und schaute dabei auf die Fußleiste der Flurwand, und meine Wangen wurden ganz heiß. »Na ja, dann geh ich jetzt mal lieber schnell wieder ins Bett.«

Meine Mutter zögerte, strich mir dann über den Oberarm. »Mach das. Ruh dich schön aus.«

Ich gammelte also im Bett vor mich hin, hoffte, dass Leo nicht allzu viel abbekam, zählte die Mückenblutflecken an der Wand, sechs, und die Staubflusen auf dem Teppich, zwölf. Danach schwirrte mir der Kopf.

Am Nachmittag kam Leo für eine Stunde zu Besuch, er hatte einen Eddingpenis auf der Stirn. Ich sah ihn nur zufällig, die Locken verdeckten ihn ganz gut. Wir quatschten ein bisschen, aber ich war immer noch ziemlich fertig, also blieb er nicht zu lange. Ich bat ihn darum, Gertrude und Hildegard für mich zu füttern.

Meine Mutter kam nach Hause, machte mir einen Kamillentee und Kartoffelbrei. Ich lag rum, langweilte mich, versuchte, nicht an die Schmerzfabrik Kopf zu denken und stattdessen Schäfchen zu zählen, aber ich kam ständig durcheinander. Also wartete ich, starrte an die weiße Decke und schlief schließlich ein.

Meine Mutter musterte mich misstrauisch, fast wie die rothaarige Kommissarin aus dem Tatort (die Namen von denen konnte ich mir nie merken).

»Ich finde, du siehst noch nicht so aus, als könntest du zur Schule.«

Ich versuchte, sehr fit zu gucken.

»Fühl mich aber super.«

»Du willst wirklich nicht zu Hause bleiben?«

»Wirklich nicht.«

Kurz noch der Tatort-Kommissarinnen-Blick, dann fuhr sie mir durchs Haar. »Es ist deine Entscheidung, ich würde es dir raten.«

Sie zog sich die Jacke aus beige-dünnem Stoff an, die hatte ich ihr letztes Jahr aus dem Sommerschlussverkauf besorgt. Sie hatte mir das aufgetragen, mit genauer Beschreibung, und ich hatte so lange alle Läden des Nord-Zentrums durchsucht, bis ich zufrieden war. Leo hatte sich nach drei Geschäften zu Media Markt verzogen. Als ich ihn abholen gekommen war, hatte er

Mario auf der Probe-Wii noch unbedingt zur Fahne bringen müssen, sodass wir unseren Zug verpasst und zwei Stunden auf den nächsten hatten warten müssen. Wir hatten uns zwei Currywürste am Bahnhofsgrill geholt und uns überlegt, dass wir ein Spiel mit Superhelden entwerfen sollten. Für die Jacke hatte meine Mutter mir einen Kuss auf die Stirn gedrückt und mich den Besten genannt. Ich hatte ihr gesagt, dass ich das doch nebenbei erledigt hätte. Sie hatte nur den Kopf geschüttelt und war mir mit der Hand durchs Haar gefahren.

Vor einem Jahr hatte meine Mutter auch schon viel gearbeitet, aber ihre Augenringe waren da noch ab und zu weggegangen. Jetzt hatte sie selbst am Wochenende die dunklen Halbmonde unter den Augen. Kein Wunder, wenn sie sich noch dazu um ihren Sohn sorgen musste, der ständig bedrückt war – oder völlig fertig im Bett lag, ohne zu sagen, warum.

»Bis heute Abend«, sagte meine Mutter.

»Bis heute Abend, Mama.«

Draußen waren die Rentner schon wach.

»Ach, Sabelmann, was mir noch zu der Grünspechtsache eingefallen ist«, meinte Wiegel gerade, »wenn es tatsächlich einer gewesen ist, dann war er bestimmt auch bei mir im Garten, weil bei mir das Angebot schließlich viel nahrhafter ist.«

Die Hecke raschelte, als wäre Sabelmann reingekippt.

»Was soll das denn heißen? Nahrhafter, dass ich nicht lache! Außerdem erzählst du sowieso Unsinn! Ich kann auch behaupten, der Hase und der Fuchs haben sich in meinem Garten Gute Nacht gesagt, aber ich habe es nicht gesehen. Das ist doch Quatsch, Wiegel, und das weißt du.«

»Na ja, Sabelmann, genau genommen hast du das mit dem Grünspecht auch nur behauptet, denn bewiesen ist es schließlich nicht.«

»Willst du sagen, ich hab mir das nur ausgedacht?!«

»Nicht direkt …«

Ich hielt mir die Ohren zu, weil Wiegels Stimme so schrecklich knarzte, ging langsamer als sonst die Straße hinab, mein Kopf tat doch mehr weh als gedacht. Die Autos hatten heute lautere Motoren, eine Kreissäge auf der Baustelle neben Subway zerschnitt mir das Gehirn.

Ich wartete wieder am Fahrradständer, Leo kam kurz vorm Klingeln an.

»Auch mal wieder da?«

Er schwang sich vom Fahrrad und grinste.

»Muss ja.«

Ich grinste zurück, was gar nicht so einfach war mit den Kopfschmerzen. Schulter an Schulter gingen wir in unsere Klasse.

Erste, Zweite hatten wir Mathe, diese Geschichte mit den quadratischen Gleichungen blieb mir ein Rätsel, obwohl Leo zu mir meinte, dass das doch das einfachste Mathethema ever wäre.

»Ever, ich geb dir gleich ever«, sagte ich, und dann wollte Leo mir die Aufgaben im Buch nicht mehr erklären.

Dritte, Vierte Physik mit einem neuen Lehrer namens Herrn Winkler. Er war nett und locker, und nur das ständige »Ähm« nervte ein wenig. Vom Unterricht verstand ich nicht viel.

Und dann kam Latein, mein Hassfach. Wir waren in der K1 und hatten Latein mit der K2. In der K2 war Dunker. Zum Multiraum, oben rechter Flügel, Dunker war schon da.

»Aasgeier«, begrüßte er mich, ich fand, es gab deutlich schlimmere Spitznamen, von daher war das okay. »Ich hab dich gestern vermisst. Du hättest auch ein schönes Tattoo bekommen, hä.«

Ich zog den Kopf ein, sicherheitshalber, und ging mit Leo an unseren Platz – wie zwei Sklaven, die hofften, es gäbe keine Schläge für etwas, das ihr Herr verbockt hatte.

»Neue Sitzordnung, würde ich sagen, hä.«

Der Klassenraum war aufgeteilt in drei Tischreihen parallel zum Lehrerpult und einer parallel zum Fenster, also im rechten Winkel zu den anderen Reihen. Wir saßen selbstverständlich ganz vorne und jetzt gaben Dunker und Lars tatsächlich ihr Privileg der Ecke hinten rechts in der letzten Reihe auf, um sich hinter uns zu setzen. Eigentlich hätten wir uns geschmeichelt fühlen sollen.

Dunker fing an, lauthals, sodass es jeder im Klassenraum hören konnte, über uns herzuziehen. Ich fand, er war dabei ziemlich einfallslos, denn dass man uns im Reagenzglas gezeugt und dabei aus Versehen das Sperma eines Pavians verwendet hätte, hatte er uns schon ein paar Mal erzählt. Und Carla Harske war nicht in Latein, von daher fand ich die Sache wirklich nicht so schlimm. Nur Leo umklammerte die Tischplatte, sodass alle Farbe aus seinen Händen verschwand.

Der neue Lehrer kam rein, und ich wusste sofort, wir hatten ein Problem. Dessen Lustlosigkeit hätte man ertasten können. Man hätte nur die Hand in seine Richtung ausstrecken müssen, und schon hätte man eine leblose, staubige Schicht aus Lustlosigkeit gespürt. Er war dürr und zerfurcht, eine rundglasige

Brille auf der Nase. Er stellte sich als Herr Weber vor, und seine Stimme war noch lustloser als der Rest von ihm.

Dunker und Lars begannen, uns mit Papierkügelchen abzuwerfen oder »Schelle« zu rufen und uns mit der flachen Hand auf den Hinterkopf zu schlagen – meine Kopfschmerzen machten es sich bequem. Herr Weber gab ein Arbeitsblatt rum und blätterte in einem Heft.

Die beiden folgten uns in die Mensa und versuchten, uns die Beine wegzuziehen. Bei mir klappte es einmal, ich konnte mich nur noch so schräg an der Wand abstützen und verdrehte mir die Hand ein bisschen. Herr Job kam uns entgegen, und sie hörten sofort auf und grüßten freundlich. Sobald er vorbei war, ging es weiter.

Als wir in der Mensa ankamen, hatte ich nicht mehr wirklich Appetit. Ich nahm mir Tablett und Besteck und stellte mich in die Schlange. Vor uns stand Leos Bruder Kian, er drehte sich nicht um. Aus den Metallwannen dampfte es, paniertes Schnitzel mit Kartoffeln, der Geruch penetrant in der Luft und nachher in den Klamotten – meine Mutter versuchte abends oft, das Menü zu erraten, machte da schon fast keine Fehler mehr.

»Da ist doch kein Nuss dran, oder?«, fragte ich die bebrillte Schülermutter hinter dem Ausgabetresen. »Ich hab da nämlich 'ne ziemlich heftige Allergie gegen. Und würd ungern den Notarzt belästigen.«

Sie zog die Mundwinkel amüsiert nach oben und schüttelte den Kopf. »Kein Stückchen Nuss drinne«, sagte sie.

»Der Matschke wieder, hä. Selbst ein paar Nüsse hauen den um, das gibt's echt nicht.«

Dunker trat mir von hinten in die Kniekehlen, ich sackte kurz ein, die Mensamutter guckte komisch, konnte ja Dunkers Fuß nicht sehen. Ich lächelte unbeholfen.

Wir machten, dass wir wegkamen, bevor Dunker eines seiner Lieblingsspiele beginnen konnte, nämlich unsere Tabletts nach oben zu schubsen – das kam besonders gut bei Chili con Carne und weißem Lieblingsshirt, die Flecken hatte ich immer noch nicht raus. Also aßen wir draußen in unserer Schulhofecke, und das war ganz entspannt. Ich fragte mich, ob Dunker uns in der Abiturprüfung auch noch Schellen geben würde oder ob er irgendwann mal keine Lust mehr hatte.

Klar, wir hätten uns auch mal bei einem Lehrer beschweren können oder unsere Eltern einschalten. Aber wie das lief, hatten wir bei Kaja Germann gesehen. Kaja Germann war in der Siebten von Dunker gedisst worden. Nicht so wie wir, das waren nur 'ne Menge mieser Sprüche über sie, wie »Iiih, ich will nicht mit Kaja in eine Gruppe, die stinkt« oder »Hey Haru, deine Mutter ist die Mutter von Kaja«. Das war bei uns ja Aufwärmprogramm. Aber Kaja Germann hatte das wohl mal der Klassenlehrerin erzählt. Dunker hatte sich – nach dem, was wir bei Jannek und Lars mitgehört hatten – wie eine Schlange gewunden und gemeint, sie hätten nur ab und zu mal ein bisschen Spaß gemacht und nicht gewusst, dass Kaja das nicht abkönne. Die ganze Klasse hatte das bestätigt oder den Mund gehalten, und am Ende war Kaja die Böse gewesen, weil sie keinen Spaß verstand.

Aber Dunker hatte natürlich großzügig versprochen auf ihre

Gefühle zu achten und sie danach nicht mehr so offen, aber viel fieser gedisst. Statt zu sagen »Iiih, Kaja stinkt«, hatte er sich neben sie gesetzt, gesagt, wie toll sie heute rieche und sich Geld von ihr geliehen und vergessen es ihr zurückzugeben. Kaja war dann irgendwie sitzen geblieben und runter auf die Realschule, soweit ich das wusste.

Ja, und dann waren wir dran.

Eigentlich war es komisch, dass gerade wir die Lieblingsopfer von Dunker waren. Es gab Pickligere als uns – Bert aus der K1, das Gesicht war wirklich ein rot-weißes Gebirge. Es gab Dickere als uns – Melinda aus der F zum Beispiel, aber über die machte sich nie einer lustig, das fand ich cool. Und es gab Nerdigere – Roman aus unserer Klasse zockte so viel LoL, dass er letztes Jahr zu wenig Anwesenheit hatte, um versetzt zu werden. Keine Ahnung also, warum es uns getroffen hatte. Vielleicht waren wir nur mal zur falschen Zeit am falschen Ort gewesen, oder was weiß ich.

Und jetzt hatten wir die Möglichkeit, etwas zu sagen und wie bei Kaja Germann damit nichts zu erreichen, außer noch mieser gedisst zu werden (das Schlimmste: Ich würde meine Mutter dann mit reinziehen und ihr so die Augenringe noch tiefer ins Gesicht graben). Oder man ertrug es halt so gut es ging, das war scheiße, aber letztlich die beste Option.

»Wenn du in die Vergangenheit reisen könntest«, Leo steckte sich ein Schnitzelstück in den Mund, »wo würdest du hinreisen?«

»Nirgends.« Ich kombinierte Kartoffeln, Erbsen und Schnitzel, und mir fiel die Hälfte von der Gabel.

»Wie nirgends?«

»Na ja, ich würde nicht reisen.«

»What?« Leo kniff die Augen zusammen. »Warum das denn nicht?«

»Du brauchst doch in der Vergangenheit nur einmal zu furzen, und schon ist alles durcheinander.«

»Hä?«

»Stell dir vor, du reist zufällig zu genau dem Tag, wo dein Urururururgroßvater deine Urururururgroßmutter treffen soll. Er sieht sie, normalerweise wäre er hin und weg, aber er riecht deinen Furz und denkt, sie wäre es gewesen. Er sucht sich 'ne andere, und schon gibt es dich nicht mehr.«

Leo betrachtete mich misstrauisch.

»Nimmst du Drogen?«

»Hä, ist doch so.«

»Du bist komisch.« Leo überlegte eine Weile, die Gabel mit einer aufgespießten Kartoffel in der Luft. »Weißt du, was ich dann machen würde?«

»Nee.«

»Ich würde zu dem Tag reisen, an dem Dunkers Eltern sich treffen würden, und so richtig einen ablassen.«

Wir mussten lachen. Ich verschluckte mich und hustete. Und kurz dachte ich: *Schön wär's.*

Wir aßen unsere Teller leer und brachten sie zurück in die Mensa. Danach saßen wir noch Kunst ab, ich konnte mich nicht mehr konzentrieren, die Schellen hallten noch immer in meinem Kopf nach.

Dann machten wir uns eilig auf den Weg nach Hause und

ich haute mich gleich ins Bett. Lag da, und die Welt dröhnte. Vielleicht hätte ich mich doch noch einen Tag ausruhen sollen.

Ich dachte noch mal über die Sache mit den Vergangenheitsreisen nach und kam zu dem Schluss, dass ich ja mit meiner Mutter, Leo, Opa, Hildegard und Gertrude zusammen nach Australien vor tausend Jahren reisen könnte. Da würden wir bestimmt nichts so verändern, dass es uns nicht mehr gäbe. Und das Ozonloch wäre auch noch nicht da.

5

Es war der erste Tag im Monat, und meine Mutter streckte einen zerknitterten Zwanzigeuroschein nach mir aus, sie lächelte. Ich schluckte, nahm das Geld und bedankte mich.

Mit dem Schein lief ich nach oben und packte ihn in meine Gelddose im untersten Schreibtischfach. Darin lagen noch drei weitere Zwanziger. Ich sparte auf etwas, worauf, war ich mir noch nicht sicher.

Auf dem Schulweg trödelte ich und kam fast zu spät, Leo wartete bei den Fahrradständern. Ein wenig entfernt von uns bremste Kian sein Mountainbike und hetzte in die Schule.

»Hä, warum seid ihr denn nicht zusammen gefahren?«, fragte ich Leo.

»Ach«, sagte Leo, winkte ab und ruckte einmal mit dem Kopf, was wohl so was wie ein Schulterzucken sein sollte, »der musste noch irgendwelche Hausaufgabensachen machen. Deswegen.« Leo trat von einem Bein auf das andere, als müsse er auf Klo. »Bist du endlich mal fertig?«

Der Tag begann mit Englisch. Wir bekamen einen neuen Lehrer, Herrn Born, der hatte echt Elan und konnte sogar Englisch sprechen.

Weil Mario und Lars hinten so laut waren, holte er Mario als Schreibhelfer an die Tafel. Ich sah ihn mir genau an, den kastigen Kopf, die weißblonden Haare und die Pickelarmee auf der Stirn. Unter seinen Achseln schmale Schweißflecken.

Er schrieb eifrig und mit vielen Fehlern (aus castle machte er castel und aus bear bier), schob seine Zungenspitze dabei aus dem Mund.

Ich war irgendwie fasziniert – den Typen hätte man auch fertigmachen können, man hätte ihn den Pickel-Orang-Utan oder das Monster ohne Hirn nennen können. Aber nichts. Bei dem war es sogar noch seltsamer als bei Bert und Roman zum Beispiel. Mario machte sogar andere Leute fertig, obwohl er eigentlich das Potenzial hatte, selbst gedisst zu werden. Ich checkte das einfach nicht.

Am Ende fragte Herr Born ihn mit einem Blick durch seine schmalen Brillengläser:

»So, how did you like your job as my assistant?«

»Not so much«, sagte Mario.

»Whaaaat? Why?«, fragte Herr Born amüsiert.

»Because I am not so a good writer«, sagte Mario völlig ernst und mit heftig deutschem Akzent, sodass alle in der Klasse anfingen zu lachen.

Und Mario grinste in die Runde, als hätte er einen Witz gemacht – dabei hatte er das hundertpro nicht witzig gemeint, da hätte ich meine Playstation drauf verwettet. Dann ging er zu seinem Platz und klatschte mit Lars ein, und alle fanden ihn lustig, und das war's.

Ich checkte es wirklich nicht.

Dann hatten wir Reli. Dass wir kein Werte und Normen belegten, lag daran, dass dort Dunker wartete. Außerdem fand meine Mutter das gut, sie hätte mich auch gerne öfter in der Kirche gesehen. Aber beim Konfirmandenunterricht hatte ich auch mein Fett wegbekommen, das reichte mir, und bei der Sache mit Gott war ich mir ebenfalls nicht so sicher. Ich glaubte so zu 70 Prozent, dass es ihn gab, Leo zu 35. Wir hatten eine Wette um fünf Euro abgeschlossen.

Die Religionslehrerin Frau Riebe hatten wir schon im Jahr davor gehabt, sie war cool, sehr herzlich, manchmal zickig. Wir sprachen über Abtreibung, das Thema fand ich interessant. Ich wollte etwas dazu sagen, aber dann ließ ich es doch lieber bleiben. Hörte stattdessen einfach zu und vergaß meine Kopfschmerzen fast.

In der Fünften und Sechsten hatten wir Geschichte, mein Lieblingsfach.

Die Lehrerin, Frau Meier, hatte einen lateinamerikanischen Touch, ein bisschen wie Shakira, nur mit dunklen Haaren und größer. Ob sie wohl auch Bauchtanz oder so etwas konnte? Auf jeden Fall fand ich sie ziemlich heiß, sogar ihr großes Muttermal auf dem rechten Nasenflügel mochte ich.

Frau Meier sprach akzentfrei, und ihre Augen blieben nie länger als ein paar Sekunden auf etwas gerichtet. Nicht hektisch, die huschten einfach nur von Ort zu Ort und behielten alles im Blick. So gehörten sich Lehreraugen.

»Gut, seid ihr bereit für eine schöne Partnerarbeit?«

Die Klasse murmelte etwas zurück, und Justus rief, dass das auf die Partnerin ankomme.

Im Raum hob sich ein allgemeines, kurzes Auflachen – eine Lachböe.

Frau Meier zog die Augenbrauen nach oben. »Du scheinst da ja Nachholbedarf zu haben, was?«

Jetzt lachten die meisten richtig, Lars rief mit hochgestellter Stimme »Whoou Justus«, und ich konnte das cartoonmäßige Kichern von Leif heraushören.

»Oh ja«, rief Justus, aber sein breites Gesicht wurde rot dabei, und er blickte schnell auf die Tischplatte.

»Gut, unser neues Thema ist ›Die deutsche Geschichte – ein Überblick‹. Das steht zwar so direkt nicht auf dem Lehrplan, aber ich finde das ist wichtig, oder? Seid ihr so nett und nehmt euch jeder einen Zettel mit einer Nummer aus diesem Beutel? Und ja nicht tauschen, ich passe auf, alles klar?«

Sie gab den Beutel los, links vorne, ich verfolgte ihn mit meinen Augen auf seinem Weg über die u-förmig angeordneten Tische. Die Leute zogen, guckten auf ihre Zettel und verglichen sie mit ihren Sitznachbarn. Der Beutel kam bei Carla Harske an, sie zog ihren Schnipsel.

»Drei«, sagte sie nach links zu Jule – ich konnte es auf ihren Lippen ablesen.

Plötzlich beschleunigte mein Herz. Der Beutel würde zuletzt bei uns ankommen, aber hinten links passten die Leute nicht auf, und jetzt war er gerade bei den Tischen, die vom U nach innen in die Mitte ragten.

Henni zog seinen Schnipsel, hätte ihn nun nach hinten links bringen müssen. Ich stand auf, nahm ihm den Beutel ab, hinten links bemerkte das keiner. Jetzt waren noch eine Menge

Schnipsel drin und auf einem von ihnen stand wahrscheinlich die Drei. Carla Harskes Zahl. Die dünnen Papierstreifen waren nicht ordentlich geknickt, halboffen und die Zahlen darauf gut sichtbar für mich.

Ich schlenderte zurück an unseren Platz und schielte in den Beutel.

10, 12, 5.

Keine 3 zu entdecken.

Ich gab Leo den Beutel. Während er zog, schielte ich weiter.

8, 9.

Keine 3.

Leo zog die 2 und gab an mich weiter, meine Augen suchten verzweifelt.

»Was brauchst du denn so lange?«, fragte Leo. »Zieh doch einfach.«

7, 3.

3!

Meine Hand schnellte vor wie eine Schlange und grapschte nach dem Schnipsel. Ich gab den Beutel weiter, starrte auf den Fetzen, die Hand zitterte.

Da stand wirklich die Drei drauf.

Oh Mann.

»Und, was hast du?«

Leo nahm mir den Schnipsel aus der Hand und guckte drauf. Fast hätte ich mich auf ihn gestürzt, um ihn zurückzuerobern, aber er gab ihn mir auch so.

»Ach, Scheiße. Na ja, die Wahrscheinlichkeit, dass wir in eine kommen, war ja nicht gerade hoch.«

Plötzlich fühlte ich mich doch sehr unloyal. Aber ich hatte ja nicht mal gewusst, was Leo für eine Nummer hatte, und mir waren nur Sekunden zum Handeln geblieben, also fühlte ich mich nur noch ein bisschen unloyal.

Frau Meier klatschte in die Hände.

»So, ich glaube, alle haben einen Schnipsel, wollt ihr euch jetzt euren Partner suchen?«

Die Leute fingen an, ihre Nummern durch die Klasse zu rufen. Genau genommen brüllten die Jungen, und die Mädchen fanden ihre Partner. Okay, auch nicht ganz genau: Mareike Büttner – klein, aber breitschultrig, sommersprossengesprenkeltes Gesicht und schwarzbraune glatte Haare – übertönte alle anderen und fand in Sekundenschnelle Baran mit der gleichen Nummer.

Baran zog verkrampft die Mundwinkel nach oben und hielt den Kopf geduckt.

Ich schaute zu Carla hinüber. Sie sah sich suchend um mit ihren schönen braunen Augen und fragte nach der Drei.

Ich ging unauffällig und sehr lässig (mir war bewusst, dass ich das nicht konnte, mein lauchiger Gang wurde schon so oft imitiert wie die feuchte Aussprache von Herrn Mertens) auf sie zu und fragte ganz in ihrer Nähe: »Hat hier jemand die Drei?«

»Ja, ich.«

Puh, die Stimme. Feuer und Wasser.

Ich schaffte es zwar nicht, ihr in die Augen zu sehen – das konnte allerdings auch an ihrem Ausschnitt liegen –, aber wenigstens stotterte ich nicht beim Sprechen oder so.

»Ja, dann sind wir wohl eine Gruppe.«

»Ja, stimmt.«

Und dann, dann ging mein Herz auf, schnappte über, randalierte durch meinen ganzen Körper. Denn dann lächelte Carla Harske mich an.

6

Das Lächeln von Carla Harske ließ sich nicht in Worte fassen, nicht mal in Gedanken.

Es war hübsch und gleichzeitig so unglaublich heiß, dass ich uns schnell einen Sitzplatz besorgen musste, damit sie die Beule in meiner Hose nicht bemerkte.

Alle anderen standen aber, deshalb vergrub ich die Hände in den Hosentaschen und versuchte, meinen Penis unauffällig nach unten zu drücken.

»So«, Frau Meier reckte den Hals, um den Raum besser überblicken zu können, »ich glaube, alle haben sich gefunden? Sehr schön, dann könnt ihr jetzt hier vorne eure Aufgabe abholen und euch einen Platz zum Arbeiten suchen, der muss übrigens nicht hier im Klassenraum sein, ja?«

»Muss der denn hier in der Schule sein?«, rief Justus.

Mal wieder lachten alle. So witzig fand ich das jetzt nicht, aber egal was Justus sagte, es lachten alle darüber. Es war, als hätte der Typ eine Witzigseinflatrate, bei der es gar nicht mehr auf den Inhalt ankam.

»Wollen wir?«, fragte Carla Harske.

Sie trug die Hotpants, Flip-Flops und ein dünnes rotes Top. Die braunen Haare fielen offen über ihre Schultern.

Ich nickte und folgte ihr, sie nahm den Aufgabenzettel von Frau Meier entgegen.

»Viel Spaß«, sagte Frau Meier.

»Danke«, sagte ich.

Dann standen Carla Harske und ich einen Moment unschlüssig nebeneinander, ich räusperte mich und zupfte an meinem T-Shirt.

»Wollen wir drin bleiben oder draußen irgendwo?«, fragte Carla Harske.

»Mir egal.« Ich zog die Schultern hoch bis über meinen Kopf.

»Mir auch … na dann lass doch nach draußen in die Sonne.«

»Okay.« Ich folgte Carla Harske aus dem Klassenraum.

Im Flur gingen wir nebeneinander, ich wäre gerne länger hinter ihr hergegangen, um ihren Arsch zu betrachten – boah, das war kein Apfel, das war eine Himmelsfrucht.

Ihre Flip-Flops platschten auf den Fliesen, der Stoff meiner kurzen Hose raschelte bei jedem meiner Schritte. Das Schweigen war kein bisschen unangenehm.

Draußen empfing uns die Sonne. Ich kniff die Augen zusammen, nach der schummrigen Flurbeleuchtung war es, als wäre man Tage in einem Bergwerk verschüttet gewesen und käme nun das erste Mal wieder an die Oberfläche.

Wir gingen über die warmen Pflastersteine, das gelblich verdurstete Gras. Auf dem Hügel in der Mitte des Schulhofes hielt Carla Harske an, machte »hach« und legte sich auf den Rasen. Sie schob eine Sonnenbrille mit riesigen Gläsern, wie Insektenaugen, über ihr Gesicht.

Ich setzte mich daneben, ziemlich steif.

»Liest du die Aufgabe vor? Ich kann meine Augen nicht mehr öffnen, das ist so entspannt hier.«

Ich schnappte mir den Zettel und begann zu lesen.

Das war gar nicht so einfach. Zum einen feierte ich, dass Carla Harske es entspannt fand, mit mir hier in der Sonne zu sitzen. Zum anderen fiel es mir schwer, mich auf den Text zu konzentrieren, wo doch ihre Beine meine Augen zu sich riefen – ein Film schob sich in meinen Kopf, nur wurde Vivian Schmitt durch Carla Harske und der grunzende, hässliche Kerl durch mich ersetzt.

Außerdem schwirrte eine Wespe um mich rum, und ich musste mich zusammenreißen, nicht abzuhauen, weil mich so ein Wespenstich auf die Intensivstation befördern würde – ich hatte keine Tabletten mit.

Irgendwie schaffte ich es trotzdem, den Text vorzulesen. Sah dabei wahrscheinlich ziemlich dumm aus mit meinen ständigen Seitenblicken zu Carla Harske und der Wespe, aber zum Glück hatte meine Traumfrau ja die Augen geschlossen.

Wir sollten – ich feierte schon wieder – die nächsten drei Wochen an dem Projekt arbeiten.

Wir hatten das Thema »Merowinger und Karolinger« und sollten es umfassend, aber nicht langatmig, gerne auf kreative Art, mit Handout dazu, vorstellen.

»Och nee«, meinte Carla Harske, »das ist so in etwa das Letzte, worauf ich jetzt Lust habe.«

»Mmmh.«

»Was hältst du davon, wenn wir diese Stunde noch entspannen, wir haben ja eh noch voll viel Zeit?«

Die Wespe setzte sich auf meinen Unterarm, ich erstarrte.

Carla Harske schob die Sonnenbrille hoch und sah mich mit einem zusammengekniffenen Auge an.

»Ist was?«

Die Wespe machte sich an das Erklimmen meines Oberarms, die Fühler rotierten, der fette Hinterleib zitterte.

Wenn du mich stichst, nehme ich dich noch mit, versuchte ich ihr per Telepathie mitzuteilen.

»Nee, ist nichts«, sagte ich dann vorsichtig und ohne mich zu bewegen. Ich war mir nicht sicher, ob die Wespe meine Ansage gecheckt hatte.

»Den Plan find ich gut. Ich kann ja zu Hause schon ein bisschen was raussuchen für nächstes Mal dann oder so.«

»Ach, Quatsch. Brauchst du nicht. Wir machen das ab nächstes Mal zusammen.«

»Nee, nee. Ein bisschen kann ich wirklich schon raussuchen.«

»Wenn's dich glücklich macht«, sagte sie amüsiert.

»Ja.«

Ich grinste breit.

»Schön«, seufzte Carla Harske und schob die Brille wieder vors Gesicht, grinste mich an. »Und jetzt entspann dich mal und leg dich hin, sonst kann ich nicht entspannen.«

Sie verschränkte die Hände hinter ihrem Kopf als Kissenersatz und reckte ihr Gesicht in Richtung Sonne.

Ich versuchte mich hinzulegen, ohne den Wespenarm zu bewegen, das war scheiße schwierig. Alles unter Anspannung, ich schwitzte wie bei einem 1000-Meter-Lauf. Die Wespe auf meinem Arm zuckte. Aber sie stach nicht zu, wahrscheinlich eine Finte. Ich hielt die Luft an für die letzten Bewegungen. Als ich es geschafft hatte, schwirrte die Wespe mit den Flügeln und flog weg.

Mistvieh.

Wag dich ja nicht wieder hierher! Wenn ich meine Tabletten hole, habe ich keine Angst mehr vor dir, dann bist du Matsch.

Und jetzt lag ich neben Carla Harske, ganz dicht, höchstens eine Fußlänge zwischen uns. Der Geruch des Grases vermischte sich mit ihrem Parfum (irgendwas mit Südseefrüchten), in den Bäumen zwitscherten die Vögel, aber ich hörte sie nur gedämpft. Ich sah nur Carla Harske zu, wie ihr Atem gleichmäßiger und ruhiger wurde.

Ich schätzte, Carla war eingeschlafen. Ich ließ den Nachnamen von nun an weg, wenn man zwei Schulstunden nebeneinander auf dem Schulhofhügel chillte, konnte man ruhig den Nachnamen weglassen, fand ich.

Auf jeden Fall reagierte Carla beim Klingeln zum Ende der sechsten Stunde nicht, atmete ruhig weiter. Ich hatte auch versucht zu schlafen, aber das ging einfach nicht, ich musste sie ja die ganze Zeit angucken.

Stolz war ich nicht auf das Kinoprogramm, das sich in diesen zwei Stunden in meinem Kopf abgespielt hatte. Als Pornoregisseur wäre ich wahrscheinlich nicht schlecht gewesen, Phantasie genug hatte ich.

Jetzt sah ich sie aber einfach nur an, ohne dass ich sie in Gedanken auszog oder so etwas. Ihr Gesicht wirkte so entspannt, und ich konnte mich echt nicht sattsehen an dieser nicht zu breiten, aber auch nicht zu spitzen Nase, den Lippen, die sich zu einem sanften Schwung formten, den langwimprigen Augenlidern.

Oh Mann, Glück musste man haben. Okay, ich hatte ein bisschen nachgeholfen, aber die Nummer Drei hätte ja auch schon weg sein oder ich hätte sie nicht finden können.

Wenn ich mir das vorstellte: Es hätten genauso gut Mario oder Lars hier sitzen können und sie jetzt angucken dürfen, aber nein. Ich hatte das Rennen gemacht, ich hatte Geistesgegenwart bewiesen und den Beutel in genau dem richtigen Augenblick geschnappt. Und dafür durfte ich jetzt hier neben Carla sitzen und sie angucken. Geil.

Da Carla nun also nicht aufwachte, musste ich sie wohl oder übel wecken. Ich räusperte mich.

»Carla, hey, Carla«, sagte ich, aber sie reagierte nicht.

Also streckte ich die Hand aus und rüttelte sanft an ihrer Schulter. Ihre Haut war weich und warm.

Sie zuckte zusammen und nahm die Sonnenbrille runter. »Ist schon vorbei?«

Ich nickte. »Du hast voll durchgepennt.«

»Ja«, sagte sie verträumt, »so könnte Schule immer sein.«

»Ja«, sagte ich.

Wir gingen zusammen zur Klasse zurück. In der Tür drehte sich Carla noch mal zu mir um und lächelte, oh Mann, wie heiß sie lächelte.

»Also dann bis zur nächsten Geschichtsstunde.«

»Ja, bis dann«, sagte ich und lächelte auch, aber ich konnte nicht sehr heiß lächeln.

Carla ging zu Isa, der Klischee-Blondine. Also die mit den billigen Pornotops, der dicken Schminke, den Wasserstoffhaaren und dem leeren Kopf, also die, die dann als Muster auf jedes andere ähnlich aussehende Mädchen gelegt wurde.

Ich hörte auf Carla nachzustarren und ging zu Leo.

»Na«, machte ich.

»Na«, machte er.

»Wie war's?«

»Na ja, ich war mit Fenja in einer Gruppe. Wir haben die Aufgaben aufgeteilt. Sie macht keine doofen Sprüche. Hätte es schlimmer treffen können – wie du.«

»Hä, wie wie ich?«

»Na ja, du hast ja die Supertussi gezogen. Das hätte mich ja richtig angenervt.«

»Die war überhaupt nicht tussig, die war voll entspannt. Und nett.«

»Stehst du auf die oder was?«

»Nein.« Ich merkte das Blut in meinen Wangen.

»Hm«, machte Leo und wir gingen in die Mensa.

Ich nahm ihm das nicht übel, klar, dass er neidisch war, wäre ich genauso gewesen.

Fenja war vom Aussehen eher unser Niveau (die Haare hatten sogar irgendwie erschreckende Ähnlichkeit mit Leos), verständlich, dass er lieber auch mit Carla in einer Gruppe gewesen wäre.

In der Mensa gab es Spaghetti bolognese, als Nachtisch Quarkspeise. Wir verzogen uns mit dem Essen nach draußen, zu unseren Baumreihen.

Die Spaghetti schmeckten mehlig, die Bolognese gammelfleischig, der Quark zu süß. Alles in allem hatte die Mensa einen ihrer starken Tage.

Leo erzählte von seinem letzten Online-Game bei Call of Duty. Ich versuchte wirklich zuzuhören, aber ich schaffte es einfach nicht, ich dachte die ganze Zeit nur an Carla.

7

»Ich glaub, wir müssen heute eine Grundsatzentscheidung treffen«, sagte Leo.

Er schob sein Fahrrad neben sich her. Wir waren auf dem Weg zu mir, da lagen noch die ganzen *Superblut*-Unterlagen, und wir wollten uns heute ans Spielfelddesign machen. Das Regelwerk stand zwar noch nicht, aber wir hatten gerade ziemlich Bock auf Spielfelddesign – und das, obwohl wir in Kunst richtige Loser waren (einmal sollten wir eine Landschaft möglichst realitätsgetreu nachzeichnen, und meine wurde abgedrehter als in Avatar, nur hässlich).

»Was'n für 'ne Grundsatzentscheidung?«, fragte ich.

»Die Frage ist ja: Welchen Style soll das Ganze haben? So düster wie in Gotham City oder einfach normal, wie zum Beispiel Spiderman in New York?«

»Und müssen wir Dr. Manhattan zensieren?« Ich zog in gespieltem Ernst die Stirn in Falten.

»Oh ja«, Leo grinste, »das ist auch eine Grundsatzentscheidung. Mystique ist ja auch eigentlich nicht jugendfrei.«

»Das wird heut ein langer Tag«, sagte ich.

Leo nickte. »Sehr lang.«

Wir folgten der Hauptstraße, Kosmetik-Nagelstudio, Subway,

in den Stresemannweg und dann, als wir die Schritte bemerkten, war es schon zu spät.

Dunker kaute, schluckte und schmiss die Subway-Tüte auf den Boden. Er hatte mich an der rechten Schulter gepackt, und seine Krallen gruben sich in mein Fleisch, bis auf die Knochen und da auch noch rein.

Hinter ihm standen Haru und Jannek und grinsten wie das Publikum vor einer Hinrichtung. Die waren nicht dumm, die kannten uns. Die wussten, dass es reichte, einen von uns zu kriegen, Leo stand direkt bei mir.

»Dass ihr beiden Spastis einem doch immer über den Weg lauft, herrlich, hä.« Dunker grinste, zog dabei nur die Oberlippe hoch. »Wir haben gerade geil bei Subway gegessen. Was meint ihr Freunde, ihr habt doch bestimmt auch noch Hunger?«

Haru kam nach vorne und packte meine linke Schulter. Dafür ließ Dunker mich los und öffnete seine braun-lederne Umhängetasche. Er holte eine Flasche Apfelschorle heraus und ein knisterndes Alufolienei.

»Ich hab ja jetzt noch was über.« Sein Blick fiel auf Leo. »Na, was meinst du, Pferdefresse, willst du ein bisschen Futter haben, damit du groß und schön wirst, hä?«

Leo umklammerte den Lenker seines Fahrrades und sah zu Boden wie ein Angeklagter, der wusste, dass nichts mehr ihn vorm elektrischen Stuhl retten konnte. Ich stand daneben, reglos. Wusste, dass ich nichts ändern, dass ich nur zusammen mit Leo hier stehen und es ertragen konnte.

Dunker öffnete die Flasche, sie war fast voll, und kippte sie langsam, genüsslich, über Leos Kopf aus. Der klebrige Saft verdunkelte seine Haare, rann über sein Gesicht und am Kinn herunter.

»Man macht das normalerweise mit Wasser, das weißt du natürlich nicht, aber das ist doch schon mal ein Anfang, hä. Das nennt sich WASCHEN.«

Diese Befriedigung in ihren Augen, wie sie da alle Leo anglotzten und so richtig befriedigt waren, ich kannte nichts Ekligeres. Es kam mir vor, als zögen sich meine Innereien zusammen.

Dunker riss an der Alufolie und holte ein vermatschtes Brötchen mit Unmengen Fleischsalat drauf hervor. Er nahm die beiden Hälften auseinander und schmierte sie Leo ins Haar, rieb sie rein wie Shampoo. Leo bewegte sich nicht, er starrte nach vorne, in eine unbestimmte Dimension.

»Mmmmmh. Lecker«, machte Dunker und rieb und rieb. »Lecker Essen für den langhaarigen Bombenleger.«

Ich konnte bloß zusehen. Konnte bloß zusehen, wie sie meinen besten Kumpel fertigmachten, und nichts tun. Lieber wäre ich dran gewesen, Zuschauer zu sein war schlimmer, ohne Scheiß. Fast hätte ich geschrien: *Macht mit mir weiter.* Aber geholfen hätte das ganz sicher nicht. Und so konnte ich nur dastehen und gucken und das matschende Geräusch hören, das das Fleischsalatbrötchenreiben auf dem saftnassen Haar von Leo verursachte. Ich wollte nur, dass es endlich vorbei war und wir Spielbrettskizzen malten und wir das so überraschend gut machten, dass wir die Sache vergaßen. Es sollte einfach zu Ende sein.

Dann endlich hörte Dunker mit dem Reiben auf, eine Brötchenhälfte blieb im Haar kleben, mit dem Fleischsalat drangematscht. Die andere rutschte über Leos Schulter und dann zu Boden.

»So, jetzt hast du endlich mal 'nen Grund dich zu waschen, hä, und wehe du kommst morgen mit dem Brötchen im Haar zur Schule.«

Jetzt lachten sie wieder alle hechelnd, und Jannek meinte:

»Das würd ich dem sogar zutrauen.«

Das checkte ich einfach nicht, Leo war nie ungepflegt.

»So und jetzt haut ab«, sagte Dunker großzügig, und wir gehorchten.

Wir gingen Schulter an Schulter und schnell, falls sie es sich anders überlegen sollten. Leo roch süßlich penetrant nach Apfelsaft, ab und zu löste sich noch ein Tropfen aus seinem Haar, tauchte in das feuchtklebrige T-Shirt.

Wir bogen in die Büchnergasse ab und waren so weit sicher. Ich wollte einen blöden Witz bringen, aber er blieb mir im Hals stecken und verstopfte die Luftröhre: Leo hatte wieder diesen Ausdruck im Gesicht. Wieder diesen Ausdruck vom Drecksfluss, wieder die Hände so fest geballt.

»Wir können uns das nicht immer gefallen lassen.« Seine Stimme klang fremd, als wäre da auf einmal jemand anders in seinem Körper. »Wir können uns das nicht einfach immer gefallen lassen.«

8

Wir schwiegen den ganzen Weg über, und als wir bei mir waren, meinte Leo, er wolle gern mal duschen. Ich fütterte währenddessen die Meerschweinchen, danach schwiegen wir weiter. Spielfelddesign war nicht mehr drin, dazu war die Stimmung zu schlecht. Das war wirklich etwas Neues, *Superblut* ging sonst immer. Stattdessen zockten wir Battlefield auf meiner PS3, doch auf dem winzigen Fernseher zog die Grafik kein bisschen.

Leo fuhr früh nach Hause. Ich merkte meine Kopfschmerzen, hatte aber keinen Bock, wieder nur im Bett zu liegen. Ich putzte Küche und Bad, danach setzte ich mich ans Klavier und spielte ein bisschen, aber irgendwie nur so getragene Balladensachen. Starrte dabei gedankenlos auf die feinen Kratzer im schwarzen Holz.

So gegen 18 Uhr beschloss ich, Opa zu besuchen, weil ich irgendwie im Gefühl hatte, dass meine Mutter heute Überstunden machen musste. Da täuschte mein Gefühl mich selten. Mehr Geld bekam sie dafür nicht, und ein Sekretärinnengehalt war ja sowieso nicht gerade die Gage eines Fußballprofis. Nicht einmal, oder vielleicht erst recht nicht in so einer scheiß-riesen Elektronikfirma. Echt nicht fair, wenn ich meine erschöpfte Mutter mit den strahlenden Spitzensportlern verglich.

Opa freute sich immer so wahnsinnig, wenn er mich sah. Alle Furchen zogen sich in seinem Gesicht nach oben, und er lächelte, der rechte Mundwinkel viel höher als der linke. Dann kam die Begrüßung, er kloppte mir mit einer Hand auf die Schulter, fester, als man es dem klapprigen Mann zutraute, strich mir mit der anderen von vorne nach hinten durchs Haar und schubste mich zum Abschluss einen Tick zurück, nie anders.

»Hey, Opa, was geht?«, sagte ich, und so wie meistens antwortete Opa: »Alles, was Beine hat.« Den Spruch hatte er mal irgendwo gehört und feierte ihn seitdem.

»Trink erst mal was, Junge.« Opa humpelte in den Abstellraum und holte eine Flasche Cola. Die machte er nur für mich auf, er trank nie was davon.

Ich wischte mir den Schweiß von der Stirn und über der Oberlippe weg. Die Fahrradfahrt hatte mich ganz schön fertiggemacht, auch wenn es nur ein paar Kilometer waren bis nach Brachdorf.

Opa wohnte hier in seinem aufgepimpten Schrebergartenhaus, mit Kamin, Kühltruhe und eingerahmten Schwarz-Weiß-Fotos an den dünnen Wänden. In seinem eigentlichen Haus wohnten wir, das hatte er meiner Mutter geschenkt, einfach so. Und weil er uns nicht auf die Nerven gehen wollte, hatte er halt sein Schrebergartenhaus aufgemöbelt und war hier eingezogen. Er ließ sich auch nicht von uns überreden, einfach bei uns mitzuwohnen. Er meinte, wir bräuchten unseren eigenen Raum. Er übernachtete aber auch immer mal wieder ein paar Wochen bei uns, von daher war das schon okay. Er war nicht sehr einsam.

Die Cola schmeckte alt, und ich war mir sicher, dass das Haltbarkeitsdatum aus dem letzten Jahrzehnt oder so stammte. Opa setzte sich zu mir, der weiße Plastiktisch scharrte über den Stein. Wir chillten in der Laube, Blumentöpfe, Reifen, Heckenschere, Zeitungsstapel, ein Spiegel und wir. Die Grillen zirpten Konzerte. Ich konnte mir das echt gut vorstellen, wie da eine Obergrille vor einem riesigen Grillenchor stand und das Gezirpe dirigierte.

»Und geht es dir gut?«, fragte mein Opa. Der Standard-Gesprächsbeginn.

»Joa, läuft.«

Opa wartete einen Moment, dann fing er an, Geschichten zu erzählen. Wir waren ein eingespieltes Team, keine Frage. Wenn er merkte, ich will nicht erzählen, fing er halt an, das war super.

Opa hatte viel zu erzählen. Hatte noch was vom Krieg mitbekommen, war neun Jahre alt, als der zu Ende ging.

Ich konnte Opa ewig zuhören. Die meisten Geschichten kannte ich zwar schon, aber das machte nichts. Ich hatte auch Hulk mindestens zehn Mal gesehen, warum nicht auch Opageschichten mehrmals anhören, besonders, wenn der beim Erzählen so leuchtete.

»Deine Mutter«, sagte er, nachdem er ausgiebig aus seiner Kindheit erzählt hatte, »deine Mutter, die hat immer Sachen gemacht. Einmal – da war sie gerade zwölf Jahre alt geworden – da hat sie uns gesagt, sie müsse jetzt mit dem Fahrrad losfahren. Wohin sie will, haben wir sie gefragt. Aber sie hat gesagt, nur so ein bisschen rumfahren. Und ich habe genickt, aber ich konnte ihr an der Nase ablesen, dass sie geflunkert hat. Aber gut, das

Tinchen war immer sehr ordentlich. Der haben wir vertraut, dass die nichts anstellt. Ja, ordentlich war sie, aber trotzdem hatte sie viel Temperament. Das mochten die Männer ja später an ihr so gerne. Na, aber mit denen hat sie ja kein Glück gehabt, mit den Männern. Wie komme ich da jetzt drauf?

Ach ja, deine Mutter war temperamentvoll, aber immer ganz brav. Deshalb sagten wir gar nicht viel, und sie konnte losfahren. Wir machten uns da gar keine Sorgen. Ich hatte frei, und deine Großmutter und ich verbrachten den ganzen Tag an der frischen Luft. Sie las ein Buch oder spielte mit Markus, und ich werkelte im Garten – obwohl ich mich schlecht darauf konzentrieren konnte, weil die Nachbarstochter die ganze Zeit quengelte. Ich glaube, die ist jetzt Lehrerin.

Nee, das war damals wirklich nicht schön: Jedes Mal, wenn ich im Garten arbeiten wollte, quengelte die Nachbarstochter gerade – und ich brauche wirklich Ruhe, um meine Gartenarbeit genießen zu können. Also werkelte ich da im Garten herum, konnte das zwar nicht richtig genießen, aber Sorgen wegen dem Tinchen machte ich mir keine.

Aber als es dann immer später und später wurde und die Sonne zu sinken begann, und das Tinchen immer noch nicht aufgetaucht war, da wurden wir dann doch ein bisschen unruhig. Besonders deine Großmutter, die hat mich ständig gefragt, wo das Tinchen denn bleibt. Ich habe ihr vorgeschlagen, dass sie mal den Tisch deckt und sich ein bisschen ablenkt. Und genau in dem Moment, als sie fertig war, kam das Tinchen auch schon um die Ecke geradelt. Da waren wir natürlich schon erleichtert, und wir haben sie gefragt, wo sie denn so lange war.

Und sie hat gesagt: ›Ich bin nur ein bisschen rumgefahren.‹ Das Ganze war schon etwas seltsam.

Aber misstrauisch wurden wir dann erst, als sie am nächsten Tag schon wieder ein bisschen rumfahren wollte, und sie wieder den ganzen Tag wegblieb. Da haben wir sie dann abends genauer ausgefragt. Haben gesagt, sie könne ja nicht den ganzen Tag nur rumgefahren sein. Aber sie hat felsenfest behauptet, sie sei den ganzen Tag nur auf dem Rad durch die Gegend gefahren und ist sogar ein bisschen sauer geworden, weil sie gemerkt hat, dass wir ihr nicht glauben.

Nach dem dritten Tag haben wir ihr gesagt, morgen müsse sie zu Hause bleiben, sie könne nicht jeden Tag mit dem Fahrrad herumfahren. Da wurde sie dann richtig sauer. Das Mädchen, das tobte richtig und schrie. Aber wir blieben hart.

Zusammen rätselten deine Großmutter und ich dann, was sie denn immer den ganzen Tag machte. Einen Jungen treffen? Nein, dazu war sie doch zu jung. Oder machte sie vielleicht irgendetwas Gefährliches? Spielte auf irgendwelchen Baustellen und machte dort riskante Mutproben? Ja, das hört sich blöd an, aber wir waren wirklich sehr beunruhigt. Deine Mutter log uns an. Das war jetzt nicht mehr nur ein einziges Mal geschwindelt, sondern sie verheimlichte uns irgendetwas, das sicher nicht gut war.

Als wir am nächsten Tag aufstanden, war das Tinchen mit dem Fahrrad weg. Ach, da waren wir vielleicht aufgebracht. Das konnte sie sich doch nicht erlauben. Ich versuchte mich den ganzen Tag mit Gartenarbeit abzulenken, aber weil das Nachbarskind wieder quengelte, wurde ich nur noch gereizter.

Und als sie dann abends nach Hause kam, da gab es aber eine Standpauke von mir. Dass sie sich an meine Regeln zu halten habe und dass ich genau wisse, dass sie mich angelogen hat, und wo sie sich den ganzen Tag herumtreibe. Aber sie schloss die Lippen fest und sagte kein Wort. Und obwohl ich nichts davon hielt, wollte ich ihr schon ein paar Tage Hausarrest geben. Schließlich besann ich mich eines Besseren: ›Na gut‹, sagte ich. ›Es geht mich auch nichts an. Dann fährst du eben Fahrrad, so viel du möchtest. Gute Nacht.‹

Als sie am nächsten Tag wieder losfuhr, folgte ich ihr unbemerkt auf meinem Rad. Ich musste rausfinden, was sie uns verheimlichte. Sie fuhr ganz schön schnell, und es war nicht einfach, ihr zu folgen, ohne dass sie mich sah.

Wir kamen in ein kleines Dörfchen, und dort am Ende einer Straße, hinter der die Wiesen begannen, hielt sie an und stieg vom Rad. Sie ging einige Meter auf eine der Wiesen, kniete sich dort hin, und in dem Moment war ich bei ihr und sagte: ›So, Mädchen. Ich denke, du hast mir einiges zu erklären. Also raus mit der Sprache, was treibst du den ganzen Tag?‹

Und erst dann sah ich die Harke und dass da ein frisches Beet auf der Wiese war. Und die Holzbretter, von denen ein Teil schon zusammengenagelt war. Weißt du, was das Tinchen da die ganze Zeit gemacht hatte?

Sie hatte eine Hütte für mich bauen und Beete für mich anlegen wollen, damit ich nicht mehr von der Nachbarstochter bei der Gartenarbeit genervt wurde.

Ha, ich weiß gar nicht, wie oft ich mich entschuldigt habe, als ich das Ganze verstanden hatte.

… Ja, ja. Und weiß du, wo dieses Beet und diese Hütte waren, die deine Mutter für mich gebaut hat?«

Opa deutete mit beiden Zeigefingern auf die Erde.

»Genau hier. Genau hier hat sie das gemacht.«

Opa ließ sich in seinen Stuhl zurücksinken und lächelte vor sich hin. Ich nahm einen Schluck Cola, lehnte mich auch zurück, lächelte auch vor mich hin.

So saßen wir eine Weile da, und ich konnte nicht sagen, ob die Geschichte oder dieser Moment direkt nach der Geschichte besser war.

Irgendwann wagte ich dann doch einen Blick auf die Uhr. Mist, schon fast eineinhalb Stunden rum, meine Mutter war jetzt bestimmt schon fertig mit Überstunden.

»Du, Opa. Ich glaub, ich muss mal los.«

»Oh ja. Natürlich. Ich hab wieder viel geredet, was?«

Opa kam noch mit zum Zaun, wo mein Fahrrad dran lehnte. Ich umarmte ihn.

»Tschau, Opa.«

»Jo, hau rein«, sagte der, und ich musste grinsen und fragte mich, wo er das jetzt schon wieder aufgeschnappt hatte.

Ich stieg aufs Rad und trat los.

Die Welt um mich herum kam nun langsam zur Ruhe, die Sonne begann den Sinkflug, die Vögel krakeelten müder und die Luft füllte sich mit mehr Leben. Ein Reh guckte mit aufgestellten Ohren, die Grillen gingen noch mehr ab als bei meinem Opa. Ich versuchte freihändig zu fahren, packte mich dabei fast hin und ließ es bleiben.

So strampelte ich durch die Welt und vergaß meine Kopf-

schmerzen. Ich dachte nur an Opas Geschichten und nicht an Dunker und Leo und so. Es ging mir plötzlich echt gut, nur mein Magen wabbelte in meinem Bauch, weil ich die ganze Flasche Cola leer getrunken hatte.

9

»He, Wiegel«, Sabelmanns Stimme schmetterte vor Triumph in den Sommermorgen, wie eine Siegesfanfare.

»Weißt du, was ich gestern Abend in meinem Garten gesehen habe?«

»'nen Buntspecht?«

»Nein, einen Fuchs.«

»Kann nicht sein.«

»Ich hab ein Foto gemacht, schau her.«

Jetzt hörte man die schon durch das Küchenfenster, oh Mann. Ich holte noch schnell die *Superblut*-Entwürfe, weil ich nach der Schule zu Leo wollte, verabschiedete mich von meiner Mutter und machte mich auf den Weg.

»Das ist niemals ein Fuchs, man sieht den Kopf ja gar nicht, das ist eine rötliche Katze.«

»Schwachsinn, Wiegel, mach dich nicht lächerlich. Das ist ein Fuchs.«

»Das ist niemals ein Fuchs.«

Ich holte mein Rad aus dem Abstellschuppen, trat in die Pedale – so schwer, als würde ich den Himalaya hinauffahren. Latein.

»Hackfressen kommen nicht durch.«

Dunker stand im Türrahmen, die Arme verschränkt, Wolfsgrinsen. Wir warteten, bis Herr Weber kam, und gingen hinter ihm rein.

Die Stunde verlief solide schlecht. Dunker und Lars bedachten uns mit einer Menge Schellen, und meine Kopfschmerzen freuten sich. Sie schnitten Leo ein Stück Haar ab und nannten mich den »hässlichen Cäsar«, »den Loser-Cäsar«, den »Schwuchtel-Cäsar« und den »Gaylord-Cäsar« (im Text ging es um Cäsar). Und dann in der Pause schnappte Dunker sich meinen Ranzen.

»Wollen wir mal sehen, was der Schwuchtel-Cäsar so mitgenommen hat, hä, bestimmt Gleitcreme oder so«, er lächelte angewidert. »Ihr fickt euch doch bestimmt in den Arsch. Ihr seid doch bestimmt so richtig miese Analbohrer.«

Herr Weber hustete und rückte seine Brille zurecht. Betrachtete die Zettel auf dem Lehrerpult. Eine Reihe hinter Dunker hatten Leif und Marvin sich auf den Tisch gesetzt. Leif glotzte ganz offensichtlich zu uns rüber, Marvin – so wie die meisten im Klassenraum – noch eher unauffällig.

Dunker zog die Oberlippe hoch. »Wollen wir doch mal gucken, hä.«

Er öffnete den Reißverschluss, kippte den Ranzen auf den Kopf und schüttelte alles raus. Auch die *Superblut*-Aufzeichnungen. Natürlich nahm er die sofort, da handelte er rein instinktiv, so was konnte der riechen.

»Was haben wir denn hier, hä? *Superblut?*« Er lachte hechelnd. »Was ist das denn für 'ne Schwuchtel-Scheiße?«

Leo stand auf. Er stand einfach auf, aber sagte nichts, zum Glück sagte er nichts.

»Was ist los, Pferdefresse? Willst du das gerne wiederhaben?« Dunker trat einen Schritt auf Leo zu und reckte den Kopf vor.

Leo sah zu Boden.

»Natürlich kannst du es wiederhaben«, meinte Dunker versöhnlich.

Er faltete in aller Ruhe einen dicken Papierflieger aus den Unterlagen, ging zum Fenster und warf ihn raus.

»Musst ihn dir nur holen.«

Der Papierflieger flog überhaupt nicht, er fiel einfach runter, aus dem ersten Stock, dahin, wo das Gras noch im Schatten war und feucht von der Nacht.

Leo und ich mussten uns nicht angucken, wir rannten raus. Dunker, Lars und ein paar Zuschauer lachten uns hinterher. Sah wahrscheinlich auch komisch aus, wie wir gleichzeitig aus dem Raum stürzten, als wäre Feueralarm und wir nähmen den tatsächlich ernst.

Leo hängte mich sofort ab. Er lief nach links, den Bogen durch die Pausenhoftür. Ich nahm den kleinen Ausgang neben der Treppe, sodass wir gleichzeitig da waren.

Da lagen sie, unsere *Superblut*-Zettel, einige hatten sich noch vor der Landung vom Papierflieger abgelöst, hingen feuchtdunkel im Gras. Ich hob eine durchweichte Masse vom Boden auf, das nasse Papier gab sofort nach und riss ein.

»Vorsichtig!«, rief Leo und hielt seine Hände unter den zusammengefallenen Flieger, als wollte er verhindern, dass er noch einmal zu Boden segelte.

Stundenlange Arbeit, da steckte so viel Hirnschmalz in diesen Zetteln, und jetzt verschwammen die Buchstaben in unseren Händen. Der Zettel mit den Ausrüstungen riss durch, als ich ihn aufhob.

CHRRRRP! Ein feuchter Klumpen traf mein Ohr. Von oben Gejohle, wie Torjubel in einer Fankurve. Die schleimig-glibbrige Masse begann langsam meinen Nacken hinabzurutschen. Ich wischte sie weg, fast panisch, als klebe da eine giftige Spinne.

CHRRRRP. Lauteres Gejohle. Ein grün-schleimiger Klumpen an Leos Wange. Er wischte ihn nicht weg, sondern starrte nur nach oben. Starrte da einfach nur hin. Ich vergaß zu atmen, mein Mund schmeckte nach Schleim.

CHRRRRP. Die dritte Rotzsalve verfehlte ihn um einen halben Meter, endlich wachte er auf und ich mit ihm. Wir hasteten mit den Zetteln aus dem Spuckfeld. Noch einmal CHRRRRP, aber kein Treffer. Enttäuschtes Aufheulen. Leo starrte schon wieder nach oben. Drei weitere Schleimklumpen, drei weitere enttäuschte Aufheuler, weil keiner weit genug kam. Und dann endlich wischte er sich die Rotze aus dem Gesicht.

»Na, komm schon«, sagte ich.

Leo nahm den Blick ruckartig vom Fenster, nickte dann. Mit den durchweichten Zetteln in der Hand machten wir einen Bogen um den Rotzbereich, rein ins Schulgebäude. Gingen aufs Jungsklo, um uns den Mist abzuwaschen. Leo sagte kein Wort, und ich versuchte es lieber nicht mit einem Scherz. Das Wasser kalt und irgendwie gut, weil mein Körper seltsam erhitzt war, pochend erhitzt. Ich klatschte es mir ins Gesicht, in die Haare, ließ es ewig über die Hände laufen.

Die *Superblut*-Zettel hatten wir rechts auf den kleinen Absatz unter den Spiegel gelegt. Ein kurzer Blick zeigte mir verlaufene blaue Farbe. Ich traute mich gar nicht, genauer hinzugucken.

Es klingelte.

Ich sah Leo an. »Wollen wir rein?«

Der nickte nur, schluckte, und sein Adamsapfel sprang dabei einmal weit nach oben und wieder zurück. Dann nahmen wir ganz vorsichtig die Zettel – trotzdem riss mir einer bis zur Hälfte ein – und gingen langsam zum Unterricht zurück, erneut schweigend. Herr Weber blickte nicht auf, las mit schnarrender Stimme den nächsten Textabschnitt vor, während wir reinschlurften und uns an unsere Plätze setzten. Hinter uns zwei grinsende Fressen.

Ich suchte meine Sachen auf dem Boden zusammen und packte sie in meinen Ranzen. Guckte natürlich vorher nach, ob sie da nicht reingeschissen hatten oder so was.

Dunker und Lars fanden es irre witzig, mir dabei gegen den Kopf zu treten und »Fußschelle« zu brüllen.

Ich setzte mich wieder an meinen Platz, in Gedanken bei den durchweichten Zetteln.

Dunker und Lars machten mit dem Standardprogramm weiter, das war ja okay, daran hatte ich mich gewöhnt, aber das mit den Zetteln nahm ich ihnen wirklich übel. Welche Ideen jetzt wohl für immer verloren waren? Alles Mögliche. Vielleicht sogar das Detail, das unseren großen Spieleerfinderdurchbruch ermöglicht hätte. Wahrscheinlich war es zerflossen im schattigen Gras unten vor dem Klassenraum. Voll mit Rotze.

Nach der Stunde wollte ich schnell aufstehen und zu der Baumreihe hinten beim Pausenhof, aber Leo hielt mich zurück. Dafür gab es noch eine herzliche Abschlussschelle, dann verschwanden sie durch die Tür, weil Carla auf Dunker wartete. Ja, das sagte Dunker so nebenbei zu Lars, und mich kotzte das natürlich unglaublich an.

Was wollte der von Carla? Warum wartete die auf den?

Der Klassenraum leerte sich. Auch Herr Weber schlurfte wie ein satter Zombie hinaus.

»Was ist denn eigentlich?«, fragte ich Leo.

Und der lächelte, ein bisschen wie der Joker.

»Ein kleiner Streich.« Er griff nach dem Ranzen von Dunker – die K1 hatte hier gleich Geschichte – und begann darin herumzukramen.

»Was machst du denn da?«

Meine Hände waren plötzlich schockgefrostet. Mein Körper wabbelig. Er konnte doch nicht an Dunkers Sachen gehen! Wenn der das mitbekam! Dann waren wir dran, richtig dran!

»Aha.« Leo zog eine Flasche Apfelschorle aus der Tasche, genau so eine wie die von gestern. Er hielt sie von sich weg wie einen guten Wein und machte ein Kennergesicht. »Edel.«

»Mann, leg das zurück, bitte.« Meine Stimme hatte etwas Flehendes, Pussyhaftes, aber das war mir scheißegal, er sollte nur mit dem Mist aufhören.

»Okay, okay.« Leo grinste jetzt eindeutig wie der Joker.

Er drehte am Verschluss der Flasche, nur ganz wenig. Hielt sie nach unten. Es tropfte aus ihr heraus. Dann packte er sie zurück in den Ranzen und lächelte mich allen Ernstes an.

»Was soll denn die Scheiße?«

Ich stieß mit der Hand gegen eine Tischkante und zuckte zusammen. Meine Augen huschten vom Fenster zur Tür, zu Leo, fensterleotürfensterleotür, immer wieder.

»Merkt der doch nie, dass wir das waren. Jetzt komm halt.«

Leo zog mich am Arm aus dem Klassenraum, nach hinten zu unserem Schulhofreservat bei den Baumreihen. Meine Augen zuckten noch immer umher, ich konnte nicht stillstehen.

»Jetzt entspann dich mal. Der ist so blöd, das checkt der never.«

Ich versuchte mich zu entspannen, aber es klappte nicht. Man schnitt sich doch in einem Haifischbecken nicht auch noch die Adern auf, nur um dem großen weißen Hai mal in die Schwanzflosse zwicken zu können. Man fing doch als Geisel einer Terroristengruppe nicht plötzlich an, den irren Typen mit dem Maschinengewehr lauthals »Arschgesicht« zu nennen. Das machte man einfach nicht!

Leo war super drauf, er pfiff die Melodie von der Cantina Band, schief.

10

In Erdkunde wartete ich die ganze Zeit darauf, dass Dunker die Tür aufriss, uns ansprang, je eine Hand um unsere beiden Kehlen schloss und uns erwürgte. Aber er tauchte nicht auf.

Auch in Musik stürzte er nicht in den Raum und prügelte uns mit einer Gitarre die Gehirne aus dem Schädel. Langsam setzte ich Leos Rat um und entspannte mich. Ich guckte ein paar Mal rüber zu Carla, sie trug silberne Ohrringe und viel Lipgloss, noch heißer als sonst. Später mussten wir uns alle ums Klavier rumstellen und *Lemon Tree* singen, da stellte ich mich in ihre Nähe. Ich war mir ziemlich sicher, dass sie wunderschön sang. Nicht ganz sicher, weil Leo laut in mein rechtes Ohr schepperte, aber doch ziemlich.

Auf dem Weg zum Fahrradständer, kurz vorm Verlassen der Aula, hörten wir lautes Fluchen.

Jetzt sind wir dran.

Wir drehten unsere Köpfe langsam nach hinten, aber kein Dunker da, der sich hinter einer Ecke versteckt hatte und nun auf uns zuhechtete, um uns das Rückgrat zu brechen. Stattdessen ein Dunker zwanzig Meter entfernt, der gerade seine Trinkflasche aus der durchweichten Schultasche holte.

Ich stand da, sah Dunker hektisch seine Schulbücher rausreißen, die tropften sogar, und ich fühlte mich auf eine wirklich gruselige Art befriedigt. Besser, als gegen Leo bei Call of Duty zu gewinnen – und das passierte praktisch nie –, viel besser. Dunker nicht mehr ganz da oben. Klar, nur eine lächerliche tropfende Schultasche, aber Dunker nicht mehr ganz da oben.

Ich riss mich von dem Anblick los und zerrte Leo mit mir. Nicht noch unnötig auffallen. Zu den Fahrradständern, schnell in die Pedale. Ein geiles Gefühl, als wäre die Welt für Sekunden gerecht, ein richtig geiles Gefühl.

Aber schon bei der nächsten Biegung fing ich wieder an, mich umzudrehen. Und ich spürte richtig, wie die Schwerkraft zurückkehrte, die mich gerade ein paar Minuten verlassen hatte. Wie sie mich nach unten zog. Dunker würde doch bald checken, dass die Flasche nicht von alleine ausgelaufen war. Der war doch nicht blöd. Der würde doch wissen, dass wir das waren, wer denn sonst? Wir hatten den irren Typen mit dem Maschinengewehr zum Massaker angestachelt, fuck.

Fuck, fuck, FUCK.

Leo legte ein irres Tempo vor, stieß einmal fast mit dem Postboten zusammen, der gerade aus seinem Auto hetzte, und als wir bei ihm zu Hause waren, hatte ich Seitenstiche. Irgendwie war ich ziemlich froh, endlich durch die Haustür zu gehen.

»Kommt rein, das Essen ist fertig.«

Leos Mutter strahlte eigentlich immer. Die lächelte nicht nur, die strahlte, wirklich. Ich mochte das. Leo ging es manchmal auf die Nerven. Sie war groß, hatte braune Haare bis zu ihren vorstehenden Brüsten und trug gerne Röcke und Lippenstift. Wenn ich zweiundvierzig gewesen wäre, hätte ich mich in sie verliebt.

Ich strich meine verschwitzten Haare zu einem Seitenscheitel, wir zogen uns die Schuhe aus und gingen in die Küche. Im Flur lag Beppo, der alte Golden Retriever. Er öffnete ein Auge, schlug zwei Mal mit dem Schwanz auf den Boden und schloss das Auge wieder. In der Küche roch es traumhaft nach Lasagne. Der Fußboden weiß gekachelt, die grau-weiß tapezierten Wände voll mit abstrakten Kunstbildern. Kian saß schon am Tisch. Er hatte mit seinen braun-kurzen, hochgegelten Haaren und seinem blassen, aber feinen Gesicht – das Kinn, die Wangen, der Mund, alles so richtig sanft geformt – kaum Ähnlichkeit mit Leo.

»Na«, sagte Leo, »wie läuft's?«

»Läuft«, sagte Kian und nickte.

Er trug sein braunes Hollister-Shirt, und auch wenn das sein einziges von der Marke war, musste ich ihm doch mehr Modebewusstsein als mir anerkennen. Denn als ich in der Sechsten gewesen war, hätte ich nicht mal sagen können, wofür diese weiße Möwe eigentlich stand, die da wie ein Abzeichen über seiner Brust hing.

»Wir haben jetzt Frau Hohenhausen in Mathe«, meinte Kian.

»Was?«, Leo nahm Kians Hand mit beiden Händen und schüttelte sie wild. »Mein Beileid.«

Kian lachte. Und jetzt hörte man die Ähnlichkeit, beide hatten sie dieses Müder-Hund-Lachen. Mit Augen zu hätte man das nicht auseinanderhalten können.

»So schlimm war sie bis jetzt noch gar nicht«, sagte Kian.

»Ich habe die Frau zwei Jahre ertragen.« Leo zog die Mundwinkel so tief nach unten, dass sie fast ein umgedrehtes U bildeten. »Glaub mir, die ist schlimm.«

Ich nickte – aber ich und Mathelehrer waren ja sowieso nicht sehr dicke.

»Vorsicht.« Leos Mutter kam mit einer dampfenden Glasschüssel an und knallte sie auf den Tisch, schüttelte die Hitze aus den Fingern.

Ich liebte die Lasagne von Leos Mutter. Natürlich war meine Mutter die heftigste aller Köchinnen, aber Lasagne hatte auch Leos Mama echt drauf. Sie füllte uns die Teller mit Riesenportionen.

»Wir haben heute in Sport Fußball gespielt.« Kian sprach mit vollem Mund. »Ich hab sechs Buden gemacht. Geil, was?«

»Geil«, bestätigte Leo, und seine Mama und ich bestätigten das ebenfalls mit Kopfnicken.

»Voll. Das beste Tor war das letzte. Da meinte Herr Lobe, ›Noch eine Minute‹ und ich nehm den Ball volley aus der Luft und zieh das Ding voll in den Winkel.«

»Geil«, sagte Leo, »hast du nen Torjubel gemacht?«

»Klar. Rechten Stick gedrückt, dann L1 gehalten und rechten Stick nach rechts.«

Die beiden lachten und schlugen ein.

FIFA war das einzige Spiel, in dem Kian Leo schlagen konnte, weil Leo es genauso wenig verstand wie ich. Und Leos Lieblingspart waren halt die verschiedenen Torjubel, die man machen konnte.

Jetzt schoben die beiden sich fast synchron Essen in den Mund und schmunzelten vor sich hin.

Ein Augenblick kauende Stille.

Diese Lasagne. Bäm.

»Und wie war euer Tag?«, fragte Leos Mama und sah von ihm zu mir und zurück.

»In Ordnung«, sagte ich, aber war mir nicht sicher, ob an diesem Tag irgendetwas in Ordnung war.

»In Ordnung?«, Leo fuchtelte mit der Gabel rum. »Der Tag war traumhaft.«

Wir tauschten einen merkwürdigen Blick. Bis ich wegguckte. Ich schaufelte meine Gabel mit Lasagne voll und schob sie mir in den Mund, verbrannte meine Zunge an der Soße.

»Ich fahr nachher zu Luca«, sagte Kian zu seiner Mutter.

Die nickte. »Bist du dann zum Abendessen wieder hier?«

»Mal sehen.«

Ich versuchte jetzt einfach, die Apfelsaftgeschichte zu vergessen. So leicht war das zwar nicht, aber ich konzentrierte mich auf Leo, der wieder über Frau Hohenhausen herzog. Und auf das Essen. Das klappte ganz gut – auch mit verbrannter Zunge, die Lasagne schmeckte.

Bevor Kian zu Luca fuhr, zockte er noch eine Runde FIFA mit Leo. Leo verlor 5:1. Das eine Tor machte er, weil Kian während der Partie auf seinem Handy angerufen wurde. Bei jedem Gegentor schrie er auf, pöbelte gegen den Controller, das Spiel, gegen Kian und schlug mit den Fäusten auf den Holzfußboden. Jede andere Reaktion hätte Kian und mich auch enttäuscht.

In der Halbzeitpause musste Leo auf Toilette, und ich blieb zusammen mit Kian in Leos Zimmer sitzen.

»Du kannst auch die nächste Halbzeit spielen, wenn du willst«, sagte Kian und hielt mir den Controller hin.

»Nee danke«, sagte ich. »Ich und Fußball ist nicht so.«

»Versteh ich nicht«, sagte Kian und grinste. »Fußball ist doch das Beste überhaupt auf der Welt.«

»Wenn ich 3:1 führen würde, würde ich das bestimmt auch sagen«, meinte ich und grinste ebenfalls.

Dann war Leo auch schon von der Toilette zurück, um sich weiter abziehen zu lassen.

Später ging Kian zu seinem Kumpel. Leo und ich zockten draußen Schach, im Gras, die Sonne grillte unsere nackten Rücken. Leo setzte meinen König im Fünf-Minuten-Takt matt. Dann zockten wir noch ein paar Runden Trivial Pursuit, damit ich auch was zu gewinnen hatte. Um halb sechs wollte ich los, Leo brachte mich die Ausfahrt runter, da kam sein Vater gerade an. Fast mit quietschenden Reifen, James-Bond-Style, vor die Garage. Okay, James Bond fuhr keinen Kombi.

»Hey, Männer«, er knallte die Autotür hinter sich zu, »was macht ihr für müde Gesichter?« Er stellte sich hinter uns und hieb uns auf den Rücken, dass es krachte. »Ihr seid jung, da darf man nicht so müde aussehen wie ich alter Sack.«

Tatsächlich zählte ich vier graue Haare in seiner schwarzbraunen Filialleiterfrisur. Er schüttelte jetzt an unseren Schultern rum und lächelte sein eckzahniges Lächeln.

»Heute Abend steigt im Wolstedtpark eine Sommerfete für Jugendliche, habe ich gehört. Wisst ihr was? Ich hab noch ein bisschen Bier im Abstellraum, das schnappt ihr euch, und ich fahr euch hin.«

»Papa …«

»Na los, ihr Partymuffel, holt eure Sachen, ich hol das Bier.«

Ich räusperte mich.

»Ich muss leider echt nach Hause. Meine Mutter wartet.«

»Du kannst sie von hier aus anrufen, wenn du willst.«

»Nee, meine Mutter hat das Essen bestimmt schon fertig, ich muss jetzt echt los, tut mir leid.«

»Ohne Fred hab ich auch keinen Bock«, meinte Leo.

Sein Vater ließ die Arme von unseren Schultern herabfallen.

»Ach, Männer, was ist bloß mit euch los? Als ich so alt war wie ihr, da habe ich jede Party mitgenommen, die ich kriegen konnte.«

Wir standen da wie Marionetten mit durchgeschnittenen Fäden, starrten auf die Steinplatten und waren Partymuffel.

Mir fiel nichts mehr ein außer »Okay, na dann, tschüss bis bald« mit einer Grußhand. Dann stieg ich auf mein Rad und beschleunigte.

Als ich mich noch mal umdrehte, sah ich, wie Leos Vater seinen Anzug zuknöpfte und nach drinnen ging. Leo guckte noch mal zum Briefkasten.

Ich aß mit meiner Mutter zu Abend, es gab Fischstäbchen mit Kartoffeln und Erbsen. Danach verabschiedete sie sich für eine Fahrradtour, das brauchte sie jetzt. Ich entschied mich für ein Facebook-Date mit Carla. Ich hatte gerade den PC hochgefahren und die Hose bis zu den Knien runtergelassen, da klingelte es an der Tür.

Gedankenachterbahn.

Meine Mutter konnte es nicht sein, die war gerade erst los

und hatte außerdem einen Schlüssel. Leo hätte vorher kurz Bescheid gesagt, Opa auch.

Und plötzlich wusste ich es. Ich wusste genau, wer da vor der Tür stand. Jemand, der endlich eins und eins zusammengezählt hatte. Ein irrer Typ mit Maschinenpistole im Anschlag. Aber was blieb mir anderes übrig, als die Tür zu öffnen.

Wegrennen! Irgendwohin! Dich unterm Bett verstecken, das hat früher auch geklappt!

Alles andere würde ihn nur wütender machen, und weder Terrassen- noch Hintereingangstür waren abgeschlossen.

Es klingelte noch mal.

Ich zog meine Hose hoch, ging aus meinem Zimmer. Hörte jeden meiner Schritte als dumpfen Schlag durchs Haus hallen. Schritt für Schritt. Schritt für Schritt Richtung Tür.

Wegrennen! Dich verstecken!

Die Treppe runter, mir war kotzübel. Stufe für Stufe ging ich hinab.

WEG!

Und dann griff ich nach der Klinke, um Dunker die Tür zu öffnen.

11

Es war nicht Dunker. Es war Wiegel.

Mir fiel so in etwa ein Meteorit vom Herzen.

»Du kennst dich doch sicherlich mit Kompjutern aus?«, fragte Wiegel.

Ein *Guten Abend, Herr Nachbar*, auf das ich dann mit einem *Guten Abend, Herr Spanner* hätte antworten können, war für ihn wohl nicht drin.

»Wie bitte?«, fragte ich also und fand es lustig, dass ich mich gefreut hatte, Wiegel zu sehen. Das musste ja auch erst mal passieren.

Wiegel schwitzte am Bauch, seine Fast-Glatze leicht gerötet.

»Na, du kannst doch bestimmt alles Mögliche an einem Kompjuter machen. Fotomontagen und solche Sachen.«

(Er sprach Fotomontagen mit G.)

»Wie bitte?«, fragte ich, weil mir noch immer keine schlauere Frage einfiel.

»Es ist so«, Wiegel hielt mir eine Digitalkamera vors Gesicht, falschrum, »ich habe ein Foto von meinem Garten geschossen. Ich wollte dich fragen, ob du nicht vielleicht einen Luchs dort reinmachen könntest. Also in das Bild von meinem Garten. So was geht doch mit der Technik, oder?«

Ich schüttelte bedauernd den Kopf.

»So was geht leider nicht.«

»Ach nein?«

»Mmh«, ich nickte kräftig. »Ich muss jetzt auch hier weitermachen, tut mir leid. Bis bald.«

Damit schloss ich die Tür. Bei Sabelmann wär ich natürlich netter gewesen, aber bei Wiegel?

Nicht drin.

Ich ließ die Hose für Carla nicht noch einmal runter, mir war irgendwie kein bisschen mehr danach. Stattdessen rief ich Leo an, und wir quatschten über die Welt in hundert Jahren.

»Never. Teleportation wird es nie geben, das geht einfach rein logisch nicht.«

Ich hatte genau vor Augen, wie Leo durchs Zimmer stakste und mit der linken Hand fuchtelte.

»Natürlich«. Ich merkte, dass ich ebenfalls fuchtelte. »Vor hundert Jahren haben die Leute doch auch nicht gedacht, dass es so was wie das Internet mal geben wird. Die haben sich doch nicht mal 'nen PC denken können.«

»Ja, aber Teleportation widerspricht allen physikalischen Gesetzen.«

»Denen, die wir kennen.«

»Nee, never. Das ist nicht logisch.«

»Muss immer alles logisch sein?«

»... Ja.«

Dann kamen wir zur Energieversorgung und weiter und weiter. Wir telefonierten bis zehn, danach ging ich ins Bett, Leo zocken.

Müdigkeit zerknitterte meinen Körper. Aber keine angenehme, sondern so eine verspannte Müdigkeit. Als wäre ich den ganzen Tag nicht ein einziges Mal zur Ruhe gekommen.

»Jetzt komm halt. Wir war'n da ewig nicht.«

»Nee, ich hab echt keinen Bock heute.«

Ich prellte den Flummi vor mir auf die Schreibtischplatte, er sprang nach rechts gegen den Schrank und von da hinter die Heizung.

»Hä? Du hast nicht schon wieder Schiss, oder?«

Leo hatte die Tür von meinem Zimmer schon aufgerissen.

»Nein. Ich will heut halt einfach hier chillen.«

»Wir chillen immer hier oder bei mir. Komm schon, wir müssen ja nicht so lange.«

»Och nee.«

»Please.«

Ich atmete genervt aus.

»Ja okay. Aber wirklich nicht so lange.«

»Deal.«

Was hatte ich schon für eine Wahl. Solange wir hierblieben, würde Leo rumnerven, der war hartnäckig bei so was. Und meine Argumente waren nicht wirklich reif für ein TV-Duell mit Obama: Dunker könnte eventuell ja denken, wir hätten seine Apfelschorle aufgedreht, und will uns deswegen bestimmt so richtig fertigmachen. Oh Mann, da waren die Begründungen der Darsteller aus den Nachmittagsgerichtshows besser.

Das miese Gefühl wurde ich aber trotzdem nicht los. Also lieber schnell hinter sich bringen. Schnell hin und wieder weg.

Ich schnappte mir mein Schnitzmesser, und wir machten uns auf den Weg. Auf halber Strecke kamen uns ein paar Jungs entgegen, so Kians Alter. Sie trugen Badehosen, zweimal rot, einmal blau, einmal schwarz-weiß, und ihre Oberkörper waren alle heftig braun. Als wir an ihnen vorbeikamen, bellte uns einer an, und die anderen lachten.

Beim Gewerbegebiet selbst war niemand außer uns. Wir stellten unsere Fahrräder gegen einen der Gitterzäune, gingen über das wuchernde Gras, fast behutsam, zum Drecksfluss. Standen davor und starrten hinein, auf der anderen Seite der Gummireifenstapel.

Mir kam es vor, als hätten wir die Vergangenheit betreten. Nicht die, in der Dunker auftauchte und Leo in den Fluss warf. Nein, die Sommerferienvergangenheit.

An einem Tag hatten wir versucht, aus Stahlrohren und mit rostigen Nägeln gepiercten Holzbrettern ein Schachbrett zu bauen; die Figuren hatten wir aus morschen Ästen geschnitzt. An einem anderen hatten wir – nachdem ich mich vier Mal vergewissert hatte, dass niemand zuguckte – alle Kämpfe aus X-Men nachgespielt. Und einmal lagen wir einfach im Gras und stritten uns heftig über die Existenz von Aliens.

All diese Bilder wirbelten jetzt plötzlich in meinem Kopf herum, und ich konnte gar nicht glauben, dass das alles nur ein paar Wochen her war. Diese andere Welt, in der es keine Wölfe und keine Übelkeit gab, hatte sich längst in eine unerreichbare Parallelwelt verwandelt.

So starrten wir noch eine Weile auf das Braun des Drecksflusses, auf die Schlieren, die sich durch das Wasser zogen.

Konnten hören, wie die Autos auf der Autobahn über den Asphalt schrubbten, konnten den Verwesungsgestank der trüben Brühe riechen. Dann entschieden wir uns, Äste für eine Wettfahrt auf dem Drecksfluss zurechtzuschnitzen. Leo dabei so richtig entspannt, ich nervös wie ein Reh beim Trinken. Aber es machte schon Spaß, und wir blieben dann doch bis abends. Ich brauchte schließlich eine Revanche, weil Leo mich bei der ersten Wettfahrt so richtig abzog. Bei der zweiten konnte eins meiner Schiffe immerhin den dritten Platz erkämpfen.

Diesmal schlief ich bei Leo, und wir zockten bis 3:54 Uhr, verpennten das meiste vom Sonntag und, als wären wir durch ein Wurmloch gestiegen, war plötzlich das Wochenende vorbei, und ich fand mich am Montagmorgen in meinem Bett.

Kein Bock. Schiss. Übelkeit.

In der Schule wurde das nicht besser. Wir saßen an unserem Platz vorne rechts und warteten, dass die Stunde endlich anfing. Genauer: Leo wartete, und ich flehte den Minutenzeiger der Wanduhr an, sich doch schneller zu bewegen, Dunker keine Chance mehr zu geben, reinzukommen und in einem plötzlichen Geistesblitz zu verstehen, was das mit seiner Flasche auf sich gehabt hatte.

Oh Mann, ich schämte mich richtig für diese dumme, unlogische Angst. Aber das half mir auch nicht weiter.

Ich fing an, unter den Armen zu teichen, und meine Finger tippelten unruhig auf der Tischplatte. Leif und Marvin kamen rein, und Marvin sah mich mit hochgezogenen Augenbrauen an. Wunderte sich wahrscheinlich, was schon wieder mit dem komischen Ferdinand los war.

Frau Bresse verspätete sich um fünf Minuten, aber dann schloss sie die Tür und begann den Unterricht, endlich.

»Wir müssen mal zu Kians Klasse«, meinte Leo in der kleinen Pause. »Der hat seinen Taschenrechner vergessen und schreibt heute 'nen Test.«

Kurz wollte ich so etwas sagen wie *Das schafft der schon, Taschenrechner sind doch was für Amateure*, aber mir war klar, dass Leo das nicht gelten lassen würde, und konnte das auch verstehen.

»Dann jetzt aber schnell«, sagte ich.

Wir eilten die Gänge entlang, eine Mischung aus Gehen und Laufen. Ich besonders aufmerksam, drehte den Kopf ständig herum.

»Du kannst ruhig draußen warten. Ich geh nur eben kurz rein«, sagte Leo vor Kians Klassenraum.

Ich nickte, weil ich es gut fand, wenn einer den Gang im Blick hatte.

Drinnen war es laut und voll. Ein kleiner Rothaariger stürmte aus der Tür an uns vorbei, ihm hinterher ein Mädchen mit schwarzen Locken, eine offene Wasserflasche in der Hand.

Leo schlurfte in den Klassenraum, noch ein bisschen krummer als sonst. Kian saß an seinem Platz und redete mit seinem Sitznachbarn, bemerkte Leo nicht. Leo blieb vor ihm stehen, sagte irgendetwas und Kian sah zu ihm hoch. Er griff nach dem Taschenrechner und sagte auch kurz etwas und streckte den Rücken durch.

Leo blieb noch einen Moment vor Kian stehen, dann drehte

er sich um und kam zu mir zurück. Hinter ihm sagten zwei Mädchen etwas zu Kian und lachten, und ich konnte sehen, wie Kian rot wurde. Leo kam blass aus dem Klassenraum. Ich hatte völlig vergessen, den Gang im Auge zu behalten, und irgendwie war mir schlecht.

Dunker tauchte erst in der zweiten Pause auf, als ich schon fast begonnen hatte, mich zu entspannen. Er kam mit seinem Rudel, ging selbst vorneweg.

Jetzt waren wir doch dran. Jetzt machte uns der irre Typ mit der Maschinenpistole doch noch fertig. Spät, aber dafür so richtig. Meine Muskeln verkrampften sich alle auf einmal.

Dunker baute sich vor uns auf und grinste. Er grinste einfach wie immer. Als wäre alles ganz normal. Kein Stück Wut in seinem Ausdruck – ich hätte ihn umarmen können. Das hier war kein Racheakt. Das war ein ganz normaler Standarddiss, nichts weiter.

Puh, meine Muskeln entkrampften, und fast hätte ich Dunker angelächelt. Sah dann aber doch rechtzeitig zu Boden.

»Hey, ihr Stinker, wir haben was für euch«, er holte ein Papierbällchen aus der Hosentasche und entknitterte es.

»Da haben wir die ganze Musikstunde dran gesessen. Ist echt wahr, hä.«

Das Rudel stellte sich in einem Chorhalbkreis um Dunker herum, sie nahmen Sängerhaltung ein. Alle grinsend wie vor der großen Pointe eines Witzes. Jannek zählte an.

Eins, zwei, drei, vier.

Melodie von Country Roads.

Ihr seid Opfer,
miese Opfer,
wenn wir euch sehen,
kriegen wir Augenkrebs.

Ihr seid hässlich,
und ihr stihinkt,
bei euch hatte,
Gott wohl 'nen schlechten Tag.

Und den Refrain brüllten sie alle:

Oh ihr Freeeaaaks,
ihr kranken Freeeeeaaaks,
ihr gehört doch,
in die Klapse,
und selbst dort,
wärt ihr ganz schnell,
miese Opfer,
die Opfer der Klapse.

Den Refrain wiederholten sie, klatschten *Na, na, na, hey, hey*, lachten danach laut, feierten sich richtig selbst.

»Das war doch schön, hä? Extra für euch.«

»Beim nächsten Mal bring ich noch meine Gitarre mit.« Jannek rockte auf der Luftgitarre, ging voll ab.

»Morgen gibt's die nächste Strophe, versprochen«, meinte Dunker und verzog sich, der Rest auch.

Mario trat mir zum Abschied gegens Schienbein, ganz stumpf, wie ein Hund, der, bevor er weiterschnüffelte, schnell sein Revier markierte.

Es klingelte, wir gingen rein.

Kian kam uns lachend mit einigen Kumpels entgegen. Ich versuchte ihn zu grüßen, aber er guckte weg. Sah weder mich noch Leo an, während sie dicht an uns vorbeigingen.

Leo schwieg die ganze Zeit, die Fäuste entspannte er nicht.

12

»Lass doch gleich 'ne Pizza bestellen und dann 'ne Runde Star Wars gucken. Wir stellen den Fernseher vors Fenster, machen das auf und dann können wir in der Sonne liegen und uns Star Wars reinziehen. Also, das wär doch geil. Bist du dabei?«

»Ja, okay.«

Leo schlurfte aus dem Hauptausgang der Schule, und ich lief neben ihm her. Der hatte ja eh schon eine schlechte Haltung, aber jetzt war die noch schlechter, der Rücken krumm wie beim Glöckner von Notre Dame. Und seine Miene so finster wie ein schwarzes Loch im Weltall. Der sollte mal damit aufhören, es war doch nichts los, gar nichts los. Da konnte er doch mal dieses blöde Lied von Dunker vergessen und sich auf den guten Teil des Tages konzentrieren. Er musste, sonst funktionierte das Ganze einfach nicht.

»Die Pizza geht auf mich.« Ich verstellte die Stimme: »Uns Pizza spendieren, ich werde.«

»Okay.«

Aus dem Haupteingang ergossen sich die Schüler wie Ameisen, wimmelnd und laut. Ab und zu musste man sich an wem vorbeidrücken, an schweißigen Körpern und sperrigen Schultaschen.

»Wir können auch zum Gewerbegebiet.«

»Können wir auch machen.«

»Oder pass auf: Ich bestell uns ’ne Pizza, dann fahren wir zum Gewerbegebiet, arbeiten an *Superblut*, und abends können wir was zocken, worauf du Bock hast.«

»Meinetwegen.«

»Jetzt komm«, ich rüttelte an Leos Schulter. »Das wird hammer.«

Zack.

Ein Reißen an meiner Hüfte.

Meine Hose verlor ihren Halt. So gerne sie auf meiner Hüfte geblieben wäre, so gerne ich sie dort behalten hätte, so gnadenlos wurde sie nach unten gerissen. Die Boxershorts mit.

»Whoooo Houuu!« Dunker klatschte wild Beifall.

Es drehten sich so viele Leute nach mir um wie noch nie vorher. Alle den gleichen Augenweg: Erst mal in Kopfhöhe und dann sofort abwärts auf meinen kleinen Pimmel mit seinen siebzehn Schamhaaren.

Lachen. Kichern. Glucksen. Milliarden Kehlen, Billionen Augen. Wahrscheinlich glotzten selbst Aliens gerade durch ein Teleskop auf meinen Schrumpelpenis.

Nur kein Lehrer. Das wäre nicht Dunkers Stil gewesen.

Ich versuchte hektisch, meine Hose wieder hochzuziehen, aber die verfing sich irgendwie in den Schuhen, sodass ich fast stolperte. Ich hüpfte also auf einem Bein herum und schaffte es nicht, die Hose hochzukriegen. Die andere Hand versuchte ich vor meinem Penis zu halten. Und Dunker feierte das, und sein Rudel stand mal wieder hinter ihm und feierte mit.

Leo ging einen Schritt auf Dunker zu. Nicht zögerlich, nicht hektisch, ruhig, besonnen. Noch einen Schritt. Noch einen Schritt.

Dunker merkte das nicht. Er war mit mir beschäftigt: »Du mieser Trottel, hä, hä, hä. Du –«

Leo nahm ihn am Oberarm, mit der rechten Hand. Er packte ihn nicht, er legte einfach seine Hand um seinen Oberarm.

Kurz der verblüffteste Ausdruck auf Dunkers Gesicht, wie ein Wolf, der von einem Dackel angefallen wird. Dann ging es abwärts, denn Leo legte den linken Arm um seinen Nacken und drückte ihn runter. Jetzt versuchte Dunker sich zu wehren. Aber Leo drückte einfach. Umklammerte Dunkers Nacken und seinen Hals mit einem schraubstockmäßigen Schwitzkasten. Dunker fuchtelte, stemmte seine Hände gegen die Schraubzwinge, aber kam nicht los. Er boxte nach Leo, den Kopf nach unten gedrückt wie ein Diener. Traf nicht.

Leo schlug zu. Die Faust drei Mal hintereinander wie ein Tacker in Dunkers Gesicht.

Zack. Zack. Zack.

Aufjaulen.

Der Schulvorplatz eingefroren. Kein Ton. Nichts.

Leo noch mal. Diese gruselige Ruhe in ihm.

Zack. Zack. Zack.

Aufjaulen. Lauter.

Leo ließ los.

Dunker brachte sich zwei Schritte in Sicherheit. Starrte ihn dann mit zerschwimmenden Augen an. Die linke Gesichtshälfte dicker als die rechte, und rot.

»Das gibt's zurück.« Mehr brachte er nicht raus.

Rannte vor aller Augen weg, weg von der Schule und von Leo. Die Zuschauer bewegten sich endlich wieder, fingen an zu reden, aufgeregt, Stimmen vermischten sich zu einem wirren Gesang. Dunkers Kumpels standen einfach nur da. Die hätten ihm ja helfen können, aber die waren wahrscheinlich noch geschockter als Dunker selbst. Jetzt lösten sie sich aus ihrer Starre und verschwanden hastig. Verstanden sicher immer noch nicht, was gerade passiert war. Ich ja auch nicht.

»Wollen wir los?«, fragte Leo und ließ die Arme herabbaumeln, als wären sie harmlos.

Ich nickte stumm und zog meine Hose hoch, die sich jetzt ganz einfach von meinem Fuß löste – als hätte sie nur so lange damit gewartet, bis die Szene zu Ende war.

Leo holte sein Fahrrad, und wir gingen nebeneinander her. Ich betrachtete ihn aus den Augenwinkeln. Er sah noch aus wie immer. Hatte kein Grün im Gesicht, keine eingeschnittenen Lippennarben und keine Huckel auf der Stirn. Sah echt aus wie mein Freund Leo. Der pfiff jetzt sogar die Melodie von der Cantina Band, schief.

Was dachte der eigentlich? Bringt der so eine Aktion und pfeift dann rum, pfeift rum, als wäre alles super. Als wäre alles okay.

Wir bogen in den Stresemannweg ein, und da platzte es aus mir heraus, weil ich es einfach nicht mehr aushielt. »Bist du eigentlich verrückt? Was sollte die Scheiße?«

Leo hielt so ruckartig an, als wäre er gegen eine unsichtbare Wand gelaufen. Drehte sich zu mir, betonte jedes einzelne Wort:

»What. The. Fuck?!« Er starrte mich mit großen Augen und geöffnetem Mund an. »Das war doch die geilste Aktion, die ich je in meinem Leben gemacht hab. Die geilste Aktion ever. Ich hab uns verteidigt.«

»Verteidigt? Bist du bescheuert?«

»Hä? Checkst du's nicht? Wir haben heute gewonnen. Victory und so, Mann.«

Leo machte das Zeichen dazu, und ich hatte gute Lust, ihm ein anderes Zeichen genau vors Gesicht zu halten, aber ich wollte, dass er verstand, was er da gemacht hatte.

»Gar nichts haben wir gewonnen. Du hast Dunker doch gehört: Das kriegen wir zurück. Das meint der auch so.«

Schweiß zwängte sich plötzlich überall aus meinem Körper.

»Ach, was. Hast du nicht gesehen, was für'n Schiss der hatte?«

»Das kriegen wir zurück«, wiederholte ich wie eine Beschwörungsformel.

Leo kniff die Augen zusammen, und seine Lippen pressten sich zu einem schmalen Strich. »Das kriegen wir zurück, das kriegen wir zurück. Wir haben genug gekriegt. Jeden Tag machen uns diese verfickten Penner fertig, ständig gibt's einen drauf. Die machen uns kaputt, hier drin.« Er ballerte sich mit der Faust auf die Brust. »Nur wegen denen sind wir die äußersten Außenseiter.«

»Willst du jetzt plötzlich dazugehören?«

»Pff. Nein. Ich scheiß auf diesen ganzen Haufen.« Ich hätte mich nicht gewundert, wenn Leo dazu Galle mit ausgespuckt hätte, so giftig sagte er das. »Aber wenn einen der eigene Bruder ignoriert, wenn man an ihm vorbeigeht, wie eine peinliche, be-

hinderte Bekanntschaft«, die Hände wieder zu Fäusten gepresst, »dann komme ich da nicht mehr drauf klar. Auf so was kann man doch nicht klarkommen.«

Leos Lippen zuckten, sein ganzes Gesicht war irgendwie zusammengekrampft. Er ging mit ruckartigen Schritten neben mir her, und am liebsten hätte ich nichts mehr gesagt. Doch es ging nicht anders.

»Aber was hat das Geprügel gebracht? Da gibt's nur noch mehr drauf für uns.«

»Du verstehst mich nicht, oder?«

»Du verstehst *mich* nicht, oder?«

Wir schwiegen. Gingen wieder starr geradeaus. Unsere Schritte auf dem Asphalt hörte ich unendlich laut.

Vor meiner Haustür blieben wir stehen und wussten nicht so wirklich weiter. Leo kratzte sich am Hals.

»Vielleicht fahr ich dann lieber besser jetzt.«

Ich nickte.

»Ja, vielleicht besser.«

Leo nickte auch, schluckte und stieg schließlich auf sein Rad. Er fuhr los.

Drehte sich nicht noch mal um.

13

»Ihr habt's gut, ihr müsst euch um so 'nen Mist nicht kümmern«, sagte ich.

Gertrude und Hildegard fiepten.

»Ihr müsst nur fressen, trinken und herumwuseln. Das ist Luxus, glaubt mir.«

Ich saß vor ihrem Freigehege und sah sie mir an. Die mümmelnden Nasen. Die Kuscheltieraugen. Die Farbmuster auf ihren Fellen; bei Hildegard sah es aus, als hätte da ein Künstler die braunen und schwarzen Flächen aufgemalt – glatte Linien und runde Formen. Ich streckte die Hand aus und streichelte Gertrude vorsichtig. Sie hielt still, das machte sie weder bei Leo noch bei meiner Mama, bei denen versuchte sie immer nur zu entwischen. Die Härchen waren ganz weich und darunter spürte ich ihre kleinen, zweigartigen Knochen.

»Ihr habt's echt gut, ihr beiden«, sagte ich und streichelte jetzt auch Hildegard vorsichtig über den Rücken.

Plötzlich begann Hildegard zu fiepen, Gertrude setzte mit ein. Anders als sonst, nervöser, viel nervöser.

Etwas stimmte nicht, etwas stimmte überhaupt nicht. Irgendein sechster Sinn verriet mir plötzlich, dass jemand hinter mir war. Ich drehte mich, langsam, drehte mich – Dunker.

Alles verlor an Farbe, saugte sich zu einem düsteren Schimmer. Dunker. Hier. Und nur ich, Gertrude und Hildegard, keine weiteren Augenzeugen, und Meerschweinchen waren vor Gericht nicht gerade die angesagtesten Informationsquellen.

Dunker. Hier. Hier in unserem Garten. Das durfte nicht sein, das war, wie wenn ein Raubvogel das Kaninchen plötzlich in seinem Bau besuchte, wie ein Vampir, der plötzlich am Tag dein Blut trinken will, wie eine Terrordrohung für Berlin und du steigst hunderte Kilometer entfernt am Bahnhof von Wolstedt in einen Bummelzug, und plötzlich grinst dich der Typ neben dir an und zieht das Hemd hoch, und du siehst eine Bombe, bei der die rote Zahl gerade von 01 auf 00 springt.

Ich pisste mir fast in die Hose, einfach nur wie ich ihn da stehen sah. Die Beine breit, wie die von Christiano Ronaldo vorm Freistoß, das Gesicht aufgequollen vor Wut, den Unterkiefer vorgerückt.

Fuck, Mann. Fuck. Fuck! FUCK!

»Na, Schrumpfpimmel«, sagte Dunker.

Ich blickte zu Boden. Eine halbe Pusteblume, Kleeblüten, lange Disteln. Dunker blieb in Ronaldohaltung stehen.

»Ihr habt einen Fehler gemacht.«

Das hätte ich ihm auch sagen können. Warum erzählte er das nicht Leo?

»Ihr denkt, ihr könnt mich einschüchtern, oder was, hä? Ihr denkt, ihr könnt das bei mir machen. Soll ich dir mal was sagen?« Er zog hoch und rotzte mir vor die Füße. »Das macht keiner.«

Zu wissen, dass es gleich losgehen würde, war das Schlimmste.

Nichts daran ändern zu können, gleich Dunkers Fäuste zu spüren, die mir mindestens das Genick brechen würden. Ich schloss die Augen. Wartete. Keine Fäuste, nichts.

Ich öffnete meine Augen wieder, Dunker stand hinter mir beim Freigehege. Er griff nach Gertrude, unsanft, riss sie in die Luft. Das kleine Ding fiepte panisch, das war nur noch ein einziger durchgehender Ton. Ich sprang auf.

»Lass sie … bitte.«

»Ach, es ist eine Sie.« Dunker zog die Oberlippe hoch, sodass man die oberen Schneidezähne sehen konnte. »Wie schön für sie.«

Er ging mit ihr vom Rasen runter, auf die Steinplatten der Terrasse und stellte sich so, dass ich ihn gut sehen konnte. Er hielt sich den fiependen Fellball vors Gesicht. »Vale, wie der Lateiner sagt.«

Dann holte er aus und feuerte Gertrude auf die Platten.

Das Geräusch des Aufpralls war so widerlich. Ein fleischiges Reißen in meinen Ohren, PUCK, wie ein Vogel, der gegen die Scheibe bretterte, nur dumpfer. Einfach PUCK.

Mein Mund klappte auf, und es fühlte sich an, als platzten meine Augen. Gertrude!

»Siehst du«, sagte Dunker, die Wangen aufgebläht, »das macht keiner mit mir. Keiner, du Schwanzlutscher.«

Dann ging er davon, schlenderte weg, als hätte er sich gerade nett unterhalten und müsse jetzt halt mal weitergehen. Als hätte er mir gerade einen freundlich gemeinten Besuch abgestattet.

Ich stand noch immer da, mein Blick kam nicht weg von dem Fellball. Ging darauf zu, nahm ihn behutsam hoch.

Gertrude lebte noch, aber nicht mehr lange, das stand fest. Ihr Atem ging rasselnd (rasselnder Meerschweinchenatem, oh Mann, das Geräusch würde ich nie mehr aus meinem Hirn rauskriegen, genauso wenig wie das PUCK). Ihre Krallen kratzen hilflos in der Luft und in meine Hand, hinterließen da feine rote Linien. Ich machte ein paar Schritte auf dem Rasen, ging in die Knie und pflückte ein Löwenzahnblatt. Meine Zähne so tief in die Lippe gepresst, dass es fast blutete, schob ich Gertrude das gezackte Blatt vor den Mund, und sie knabberte daran. Dieses kleine wärmepulsierende Ding in meiner Hand. Der rasselnde Atem. Die Krallen immer tiefer in meine Haut.

»Das wird schon wieder«, sagte ich und hielt Gertrude tapfer den Löwenzahn hin, bis sie aufhörte zu knabbern.

Ich hätte mir ein Gewitter gewünscht, das hätte gepasst, in einem Film wäre jetzt hundertpro ein Gewitter gekommen, mit peitschendem Regen, die Welt dunkel und rau, wie ich gerade. Stattdessen klatschte die Sonne einen Traumsommertag auf die Leinwand, die Vögel krakeelten dazu, einer lachte mich aus, ganz sicher.

Es fühlte sich an, als ob die Tränen auf meinem Gesicht verdunsteten, so heiß war es.

Ich hackte mit dem Spaten immer wieder in die Erde. Das Loch war schon viel zu tief, locker einen halben Meter, aber ich machte weiter. Das Schlimmste war das Fiepen von Hildegard, dieses suchende, rufende Fiepen ohne Antwort. Neben mir im Schuhkarton ruhte Gertrude, ich hatte nicht vor, noch mal reinzugucken, das ging einfach nicht.

Ich war bald so tief, dass die Erde lehmig und voller Steine war, da ging nichts mehr. Ich schmiss den Spaten weg und nahm den Karton. Meine Finger krallten sich in die Pappe, und ich schaffte es kaum, sie nicht zu zerreißen, mit dem Spaten auf die Hauswand einzuprügeln, meine Fäuste immer wieder gegen unseren Briefkasten zu schmettern. Nur Hildegards Fiepen, das schon verstört genug war, hielt mich davon ab.

Ich legte den Schuhkarton zittrig in das Grab und buddelte es zu. Der Sand fiel mit erstickender Endgültigkeit auf das Mordopfer.

Das war zu viel, Dunker.

Das war zu viel.

Das Fiepen von Hildegard.

Der Grabstein, meerschweinchengroß, wog tausend Kilo in meiner Hand. Er wollte nicht stehen, fiel wieder um, bis ich ihn wie irre in die Erde rammte.

Ich rannte ins Haus, zum Telefon. In mir war es so entsetzlich heiß, meine Finger taub, an meiner Stirn pulsierte eine Ader, als würde sie jeden Moment platzen. Ich tippte Leos Nummer und wollte gleichzeitig das Telefon gegen die Wand schleudern, darauf rumtreten und die Fenster einschlagen.

»Ja?«, sagte Leo.

»Ich bin dabei.«

»Sorry, was?«

»Ich bin dabei beim Nicht-mehr-gefallen-Lassen. Beim Wehren.«

Pause.

»Was ist passiert?«

»Hast du schon einen Plan, was wir machen?«

»Fred, was –«

»Lass uns sofort anfangen, bitte.«

Pause.

»Okay, komm vorbei.«

14

Leo wartete vor seiner Haustür auf mich.

»Hey«, sagte er. »Komm rein.«

Ich nickte, meine Kehle war plötzlich ganz trocken. Ein paar Mal blinzelte ich und guckte angestrengt auf die Steinplatten der Auffahrt.

»Na los«, sagte Leo und drückte vorsichtig, aber bestimmt gegen meinen Rücken und damit mich in Richtung Eingang. Er schloss die Tür hinter uns, drinnen war nur das Schnarchen von Beppo zu hören, wir gingen die Treppe hoch.

Die dunkelblauen Vorhänge in seinem Zimmer hatte er zugezogen, sodass kaum Abendsonnenlicht hindurchkam. Die Luft in dem fast quadratischen Raum war erhitzt und der Sauerstoff weggeatmet. Rechts neben dem Fenster leuchtete der große Plasmabildschirm in Call-of-Duty-Farben.

Leo stand mitten im Zimmer und sah mich an, besorgt.

»Was ist passiert, Fred?«

»Gertrude«, sagte ich, und meine Kehle war jetzt trockener als ein totes, in kleine Erdplättchen zerbrochenes Flussbett. »Dunker … der hat … der hat Gertrude umgebracht.«

Ich hatte mir extra noch gesagt, du fängst nicht wieder an zu heulen. Aber als ich das jetzt Leo erzählte und wieder Dunker sah, wie er sie fallen ließ, und das PUCK hörte, da kamen dann doch noch ein, zwei Tränen aus meinen Augenwinkeln. Ich fand das okay, denn das waren jetzt keine Trauer-Tränen, sondern Wut-Tränen.

»Nee«, sagte Leo und starrte mich mit riesen Augen an. »Nee. Das hat der nicht gebracht.«

Ich schwieg und guckte zum Fernseher, wo Gewehrfeuer stumm über den Bildschirm flackerte.

»Dieser Wichser. Dieser beschissene Wichser. Der –« Leo brach ab, hob den Arm ein Stück und ließ ihn gleich wieder fallen.

»Mann, Fred, das tut mir echt leid!«

Ich versuchte mich zu räuspern, aber meine Kehle war noch immer zu trocken dafür.

»Dunker … Dunker wird das leidtun.«

Leo stand noch einen Moment da, mit schlaffen, hilflosen Armen, dann ruckte es durch ihn und er machte einige schnelle Schritte zum Fernseher. Setzte sich auf seinen Sitzsack, nahm einen Playstation-Controller und stülpte sich das Headset über den Kopf.

»Komm«, er deutete auf den Sitzsack neben ihm.

»Das wird ihm richtig leidtun. So richtig.«

Ich hatte zwar keinen Plan, wie wir uns mit unseren Playstation-Controllern an Dunker rächen sollten, aber ich setzte mich natürlich dazu.

»Hallo? Michi?«, sagte Leo, während er anfing, sein Gewehr auf dem Bildschirm zu bewegen, und ich wollte ihn schon dämlich angucken, da checkte ich, dass er in sein Headset sprach.

»Jo Michi, bin wieder da, kannst du mir vielleicht ’nen Gefallen tun?«

»…«

»Es geht um einen Typen, der mir und meinem Kumpel immer Stress macht.«

»…«

»Ja, ja, genau, voll der Mongo. Und wie ist das, kannst du dem vielleicht den PC schrotten?«

»…«

»Sebastian Dunker heißt der, ist auch so bei Facebook.«

»…«

»Okay.«

Leo schwieg eine ganze Weile, dabei hockte er hinter mit Stacheldrahtringen bespickten Metallbarrikaden, und nur ab und zu kam er aus seiner Deckung hoch, um einige Headshots zu verteilen.

Den ganzen PC schrotten, geiler Einfall von ihm. Da hatte Dunker bestimmt genügend Sachen drauf, die ihm wichtig waren. Genügend Sachen, die Leos Zockerkollege Michi, der dazu genug Erfahrung in Sachen Hacken hatte, ganz locker, ganz einfach mit einem PUCK vom Rechner verschwinden lassen könnte.

»Ja, ja, ich bin da«, sagte Leo jetzt.

»…«

»Ja, das ist er. Der –«

»…«

»Ja, ja, genau, voll der Mongo. Und das wär voll nice, wenn du dem halt einfach komplett alles löschst«, Leo rieb sich die Nase,

»obwohl, warte mal. Lösch alles, aber lass ihn den PC noch ankriegen, und dann muss da ein einziger Satz stehen: Fick dich, du Mörder.«

»…«

»Nee, nee, nicht Mongo. Mörder ist schon gut.«

»…«

»Jo, danke Michi. Ist echt mega nice von dir. Hast einen gut. Du sorry, ich muss jetzt aber auch raus. Wir sehen uns morgen?«

»…«

»Okay. See ya.«

Leo beendete den Online-Multiplayer, legte den Controller vor sich hin und nahm sein Headset ab.

»Ich würde sagen, damit sind die meisten Daten, die Dunker so besitzt, weg.«

»Ist echt hammer. Danke«, sagte ich und versuchte mich an einem Lächeln.

Leo räusperte sich und schob Haarsträhnen aus dem Gesicht.

»Das tut mir echt leid, Fred. Echt.«

»Ist alles okay, wirklich.«

Das meinte ich auch so.

Was sollte ich auf ihn sauer sein?

Er hatte Dunker verprügelt, um uns zu verteidigen, um sich endlich zu wehren. Und wehren mussten wir uns jetzt, ja, ich wollte mich jetzt wehren.

Dunker hatte es nicht anders verdient.

Er war zu weit gegangen.

»Willst du nach Hause oder wollen wir noch 'ne Runde coopmode?«, fragte Leo.

Ich nahm den zweiten Controller in die Hand und dann kämpften wir uns zusammen durch Häuserschluchten – Überleben-Modus, wir hielten lange durch.

15

Meine Mutter war cool genug, um bei Gertrude nicht ewig nachzufragen. Klar sprach sie mich drauf an, aber ich erklärte ihr ein bisschen hastig, dass Gertrude gestern einfach tot in ihrem Käfig gelegen hatte. Sie drückte mich kurz und sagte, dass ich zurzeit wirklich nicht mit Glück gesegnet sei, und danach schaute sie mir einen Moment fest in die Augen, so als suche sie darin etwas. Ich sah zu Boden und sagte, das stimme wahrscheinlich, und dann ließ meine Mutter es eben sein ewig nachzufragen, und ich war dankbar dafür.

»Das Grab sieht schön aus«, meinte sie und strich mir noch einmal über den Arm. »Hätte man nicht besser machen können.«

Jetzt gerade backte sie hektisch an einem Apfel- und einem Mandarinenkuchen, wischte über saubere Möbelstücke und bereitete den Auflauf für mittags vor. Ich spielte Klavier, Befehl, für ihre Nerven. Versuchte gar nicht erst, ihr zu erklären, dass es nur Onkel Markus, seine beiden Kinder und Opa waren, die heute zu Besuch kamen, und nicht Rach, der Restauranttester.

Um zehn vor elf klingelte es, und ich ließ Opa rein, er hatte Butterkekse mitgebracht. Begrüßungsritual mit Schulterkloppen, Durchs-Haar-Fahren und Wegschubsen.

»Hey Opa, was geht?«

»Alles, was Beine hat.«

Dann kam er mit mir in die Küche. Die Umarmung seiner Tochter erwiderte er sehr unbeholfen.

»Willst du nicht weiter Klavier spielen?«, fragte meine Mutter.

Ich setzte mich wieder vor den schwarzen Kasten, entschied mich für eine A-Dur-Harmonie, und meine Finger begannen ihre Wege. Opa stellte sich dazu. Er drückte immer wieder auf die tiefste Taste. Das zerstörte die Harmonie zwar völlig, ein knarrendes Tongemenge, aber er war besser im Takt, als Leo das sonst war.

»Wir spielen schön zusammen, was?« Er grinste mich schief an. Opa eben.

Laurin rammte mir ein Messer in den Bauch. Ich fiel auf die Knie, hielt mir die Wunde. Geld oder Leben, ich hatte meine Entscheidung getroffen.

»Warte, ich rette dich«, rief Jasmin und entkorkte einen Flakon Apfelschorle. »Das ist der Heiltrank, der heilt alles.«

Mit letzter Kraft nahm ich einen Schluck, schüttelte mich wild unter dem Haha-Lachen der Kinder und sprang in die Luft, als hätte ich Zaubertrank von Miraculix getrunken. Dabei rammte ich meinen Ellbogen voll gegen den Kirschbaumstamm hinter mir, das zog wie Sau, durch den ganzen Arm.

»Fuck«, rief ich und ging wieder zu Boden.

Die Kinder lachten noch lauter.

»Es gibt Essen!«, rief meine Mutter nach draußen.

»Och nöö. Ich hab gar keinen Hunger«, maulte Jasmin, und Laurin guckte auch nicht wirklich erfreut.

»Zum Nachtisch dann Eis!«

Jetzt jubelten die beiden und sprinteten nach drinnen.

Ich schaute den Zwillingen nach, während ich mir abwesend den Ellbogen rieb. Das hüftlange braunblonde Haar, das Jasmin hinterherwehte. Der trippelnde Laufstil von Laurin.

Wieder Kind sein, dachte ich und fand mich sofort bescheuert dafür. So was durfte Opa vielleicht denken, aber ich doch nicht.

Ich ging auch zum Essen, hatte Riesenhunger. So eine Stunde toben machte einen Antisportler wie mich ganz schön fertig; ich teichte unter den Armen.

Der Auflauf war heftig, ich zählte sechs Schichten, darunter Hacksoße, Kartoffeln, Nudeln und Lasagneplatten. Wir schaufelten das Zeug nur so in uns hinein. (Jasmin hielt den Löffel wirklich genau wie eine Schaufel.) Nur Opa hatte alle Zeit der Welt, er nahm ab und zu einen Happen, kaute lange und nippte danach an seinem Glas Wasser.

»Jasmin hat eine neue Flöte bekommen«, meinte mein Onkel Markus, und seine dunklen Locken wippten, als er sich zu ihr drehte. »Erzähl doch mal, Jasmin.«

»Ich hab eine neue Flöte bekommen«, erzählte Jasmin.

»Wow, schön«, sagte meine Mutter und lächelte.

Sie lächelte aus vollem Herzen, das merkte ich, ganz so im Sinne des Wortes, und das gefiel mir. Irgendwie hatte meine Mutter die letzte Woche echt wenig so gelächelt, vor allem, wenn sie mich angesehen hatte. Bei mir hatte sie immer auch erschöpft ausgesehen, völlig erschöpft.

»Und Laurin hat ein Xylofon, stimmt's, Laurin?«

»Stimmt«, sagte Laurin.

Und schon wieder lächelte meine Mutter.

Das Essen machte mich träge, aber das interessierte Jasmin und Laurin wenig. Nach der nächsten Stunde Monster, Aliens und Ritter hatte ich Seitenstiche.

»Lass uns doch mal das Walross-Spiel spielen«, sagte ich.

»Jaah. Wie geht das?«, fragte Laurin.

»Ich zeig's euch«, sagte ich und legte mich mit dem Bauch zuerst aufs Gras, entspannte meinen Körper.

»So müsst ihr auch machen.«

Laurin und Jasmin schmissen sich wie Synchronturner auf den Rasen und lagen dort schön entspannt, wie ich.

Nach einer halben Minute fragte Laurin: »Und jetzt?«

»Ihr macht das super. Ihr seid die perfekten Walrosse.«

So lagen wir eine Weile da, waren Walrosse, nichts anderes, und das reichte mir völlig aus. Ich lag da auf dem Rasen, wäre ich Ferdinand Matschke gewesen, hätte das Gras auf meiner Haut einen Juckreiz ausgelöst, aber meine Haut war dick und unallergisch, dicke Walrosshaut, der nichts etwas anhaben konnte.

Irgendwann sprang Jasmin auf und fing an mich durchzukitzeln, Laurin hinterher.

Als die Kleinen dann im Bett waren und ich völlig fertig, machte ich mich an die Arbeit: Merowinger und Karolinger, Nachtschicht. Um 4 Uhr hatte ich genug rausgesucht, um ein Buch schreiben zu können.

Ich legte mich ins Bett, meine Arme und Beine schwer wie ein

Walross, und ich dachte noch einmal an den Tag voller Indianer, Räuber und Feen. Guter Tag. Besonders gut, weil ich nicht über andere Sachen nachdenken musste und meine Kopfschmerzen bis genau jetzt nicht gemerkt hatte. Aber bevor meine Gedanken weiter in die Richtung gehen konnten, schnappte mich die Müdigkeit, und ich schlief ein.

Um 8 Uhr sprangen die Zwillinge auf meinem Bauch herum und feierten sich. Ich schnappte mein Kissen und wehrte mich halb erfolgreich. Aber danach war ich immerhin wacher als an irgendeinem anderen Sonntagmorgen um 8 Uhr in meinem Leben.

Ich genoss den Familientag. Die ganze Zeit war irgendwas los, ob das jetzt traumhaftes Essen oder toben mit Jasmin und Laurin war.

Am Ende des Tages bestanden die beiden darauf, mich mitzunehmen, das schmeichelte mir. Ich musste ihnen dann aber leider erklären, dass ich nicht mitkommen konnte, weil ich ja hier darauf aufpassen musste, dass die Feenwelt und das Ritterland nicht überfallen wurden.

Sie verstanden das zwar, fanden es aber immer noch blöd. Onkel Markus versprach ihnen, dass sie bald wieder zu uns fahren würden. Das besänftigte sie ein bisschen, und sie stiegen ins Auto. Der große Opelwagen verließ unsere Auffahrt, und sie winkten wild durch die dunkel getönten Scheiben.

Gemeinsam gingen meine Mutter und ich zurück ins Haus. Ich half ihr beim Abwasch der großen Schüsseln, dann räumten wir auf. Und in dem erschöpften Schweigen, wie wir da nebeneinander in der Küche rumsortierten, da dachte ich erst wieder an die ganze Scheiße. An den kalten Fellball in dem Schuhkarton unter der Erde. An das Hoserunterziehen, die Schellen, den ganzen Kram, von dem ich nicht mehr wusste, wie ich das hatte aushalten können, ohne was dagegen zu machen.

Und dann dachte ich an unsere Rache und dass Dunker sehr verärgert sein würde. Verärgert war dabei bestimmt die Untertreibung des Jahres, oh Mann.

Ich wünschte meiner Mutter eine Gute Nacht, meine Stimme plötzlich ganz farblos, und legte mich ins Bett. Ich träumte von Wölfen mit Dunkers Fresse. Sie jagten mich die ganze Nacht.

16

Ich war hin- und hergerissen zwischen Schiss haben und jubeln wollen. Mein Körper entschied sich für Schiss haben, er wurde mal wieder wabbelig und kalt, und auch meine Gedanken rasten panisch umher, aber irgendwo tiefer jubelte ich heftig.

Verdient. Das hast du verdient, Meerschweinchenmörder.

Dunker stand vor uns, mitten im Gang, und pulsierte. Natürlich bekam ich das Wabbeln davon, das war scheiße, aber warum stand er da so? Weil wir es ihm gezeigt hatten. Weil WIR es IHM gezeigt hatten!

»Ihr Wichser. Da waren meine ganzen Bilder drauf, alles!« Dunker fletschte die Zähne. »Dafür bring ich euch um. Ihr behinderten Schwanzlutscher, ich mach euch –«

Er verstummte.

Herr Born ging an uns vorbei. Leo lächelte.

»Du machst gar nichts mehr, Dunker. Sonst machen wir dich fertig.«

Leo musste immer übertreiben, auch wenn er recht hatte. Zum Glück hatte er Dunker Freitag gezeigt, dass eine Prügelei für ihn nicht so toll ausgehen würde, sonst wäre der uns beiden bestimmt gleichzeitig an die Kehle gesprungen, ganz sicher. Lehrer hin oder her.

Dunker holte tief Luft, um weiterzubrüllen. Aber dann hielt er inne. Und jetzt lächelte er, und das gefiel mir gar nicht, Raubtierlächeln, Raubtierfoltermeisterlächeln.

»Ihr denkt wirklich, ihr wärt es. Ihr denkt wirklich, ihr hättet es drauf, oder? Wir werden sehen, hä. Wir gucken noch mal.«

Dann ging er zwischen uns durch, stieß unsere Schultern dabei weg. Leo grinste mich triumphierend an, aber plötzlich fühlte ich mich kein bisschen mehr nach Triumph.

Wir gucken noch mal.

»Yo, yo, yo«, machte Leo, seine Hand als Mikrofon. »Das ist der Sieg der LeoFred-Battlecrew im ersten und letzten Durchgang.«

Ich konnte nur so halb lachen, gab Leo aber die High-Five, die er verlangte.

In Politik sah ich mir die ganze Zeit Carla an. Das lenkte ab.

Wir gucken noch mal.

Und der Anblick war mal wieder hammer, mit viel Haut, das regte den Speichelfluss an, puh. Ich dachte an ihr Lächeln, wenn ich ihr morgen meine Recherchen zu den Karolingern und Merowingern zeigen würde, und stellte sie mir nackt vor. Boah.

Frau Bresse erzählte wieder von sich und ein bisschen vom Arabischen Frühling. Carla malte Isa Herzchen auf den Arm, Leo saß auf seinem Stuhl wie auf so einem Stressless-Sessel und glotzte abwesend geradeaus.

In der kleinen Pause stellten wir uns ans Fenster. Lars und Mario schoben sich wortlos an uns vorbei. Ich überlegte, ob ich mich zu Carla stellen und mit ihr quatschen sollte. Aber mehr als Gedankenspielerei, nicht ernsthaft.

»Lass doch heute mal nicht rausgehen«, sagte ich. »Lass doch heut mal da so 'n bisschen rumgucken.«

Ich deutete in Richtung Lehrerzimmer. Leo kniff die Augen zusammen und reckte den Hals vor, die Arme vor seinem Foo-Fighters-Shirt verschränkt.

»Was?«

»Du hast noch immer Schiss.«

»Hä? Stimmt überhaupt nicht.«

»Och, Fred. Der Typ ist fertig mit uns. Der traut sich niemals noch was, never.«

»Mann, wir haben dem seinen ganzen Computer geschrottet. Das kriegen wir zurück, hat er doch selbst gesagt.«

»Ach, was.« Der Gang war schon leer, ich mochte das nicht, aber Leo hatte Zeit. »Bereust du's jetzt etwa?«

»Keine Ahnung.«

»Der Kerl hat dein Meerschweinchen umgebracht!« Leo fuchtelte mit den Armen. »Was sollst du da bereuen?«

Ich schluckte. Wieder das Bild von dem kalten Fellball im Pappkarton unter der Erde. Die Ader an meiner Schläfe begann zu pochen wie ein Grünspecht. Und meine Fäuste ballten sich zu festen Klumpen.

»Du hast recht«, sagte ich nur, und wir gingen auf den Pausenhof, fast hoffte ich, dass Dunker kam und Leo ihm noch einmal die Fresse polierte. Aber er ließ sich nicht blicken, den ganzen Schultag nicht mehr.

»Ich hab jetzt gleich 'nen Arzttermin«, sagte Leo draußen vor der Schule. Das gefiel mir überhaupt nicht. Das letzte Mal hatte

Dunker auch bewusst zugeschlagen, als ich alleine war. Ich rotierte meinen Kopf wie ein U-Boot-Fernrohr, kein Dunker. Beruhigte mich jetzt nicht sonderlich.

»Tut mir echt leid«, meinte Leo. »Meine Mutter wartet schon.«

»Okay«, meinte ich nur, er konnte ja wirklich nichts dafür. Und wir konnten Leos Mama ja auch schlecht erklären, dass sie mich bitte die 687 Meter zu meiner Haustür bringen sollte, weil das sicherer für mich war.

»Dann bis morgen.«

Leo ging zum Kombi, in dem seine Mutter saß.

Ich grüßte sie flüchtig. Sah mich wieder um. Nichts Auffälliges zu entdecken. Ich ging in einem Tempo los, da guckten die Olympiasieger über 10 000 Meter Gehen bestimmt. Nach 120 Metern war ich außer Atem, aber ich erlaubte mir nicht, langsamer zu werden. Subway machte mir am meisten Sorgen. Vorbei, ohne reinzugucken. Saß er drin und nahm jetzt die Fährte auf? Hing er mir gleich im Nacken und ließ nicht mehr los?

Ich drehte mich um.

Kein Dunker.

Bog ab in den Stresemannweg.

Er kannte meinen Schulweg. Er konnte auch jetzt noch hinter mir sein. Ich begann zu rennen, dachte, das würde helfen, aber dadurch wurde ich irgendwie panischer und war zurück in meinem Traum mit den Wölfen. Sah mich um, stolperte fast. Kein Dunker.

In der Büchnergasse stand es dann endlich da wie eine kleine Trutzburg, mein Haus.

Ich hielt vor der Eingangstür an und suchte hektisch nach meinem Schlüssel. Atmete schnell und merkte, dass ich schon wieder teichte. Ein Vogel zwitscherte schrill aus einem der Bäume, als warne er vor etwas, irgendwo das Röhren eines Rasenmähers, links im Garten lief Sabelmann umher und streute Früchte und Fleischstückchen über seinen Rasen. Nirgendwo ein Wolf, um mich zu zerfleischen.

Hatte ein einziger Computerhack mit tödlichen Folgen für Dunkers Kiste alles gelöst?

Ich hätte es ja zu gerne geglaubt.

Ich fand meinen Schlüssel, eilte ins Haus und schloss die Tür hinter mir ab. Auf jeden Fall war ich hier erst mal sicher.

Die Zeit verbrachte ich mit Merowinger- und Karolingerrecherchen, Carla auf Facebook und ein bisschen Klavier. Meine Mutter kam nach Hause, wir aßen zusammen und gönnten uns Terra X.

Und meine Stimmung war nicht großartig, aber doch in Ordnung so weit.

17

Mich kotzten diese Albträume an. Also wenn das jetzt zur Gewohnheit wurde, vielen Dank, ohne mich. Wieder die Fresse von Dunker, aber diesmal schwebte nur sein Kopf umher, wurde klein wie ein Tennisball und wieder groß wie ein Atompilz, wabernde Geräusche, und er sagte:

Wir gucken noch mal.

Wir gucken noch mal.

Ich wachte auch einfach nicht auf. In Filmen schrecken die Leute ja dann schweißgebadet hoch, atmen stoßweise und beruhigen sich irgendwann, wenn sie merken, dass es sich nur um einen Traum gehandelt hat und sie ihm soeben entkommen sind.

Ich schlief durch, die ganze Zeit schwebte Dunkers Fresse vor mir, und erst der Wecker befreite mich. Ausgeruht war was anderes.

Aber … ABER: Heute hatte ich Geschichte. Und Geschichte hieß Carla und Carla hieß Traumfrau. Der wabernde Kopf erschien plötzlich wirklich nur noch wie ein Albtraum und nicht wie eine Prophezeiung, und alles war ganz kribbelig.

Ich beeilte mich, verbrachte allerdings mehr Zeit im Bad als sonst. Die Haare saßen trotzdem nicht, bitter. Ich zog ein gelbes

T-Shirt an, das mich nicht ganz so hungerhakig aussehen ließ. Ein »Tschau« an meine Mutter und dann los.

CarlaCarlaCarla den ganzen Weg über in meinem Kopf, und dann stand sie plötzlich da, vor dem Schulgebäude und bei ihr Isa – und Dunker. Machte irgendwelche schmierigen Witze. Carla lachte. Das störte mich natürlich, aber dann dachte ich an meine geile Merowinger- und Karolingerrecherche, die ich ihr gleich vorführen würde, und da konnten Dunker und sein Wolfsgrinsen einpacken.

In Geschichte ging es gleich in die Gruppen, das kribbelte jetzt wie Sau, dadran war nichts mehr feierlich. Carla. Wir trafen uns auf halbem Weg im Klassenraum.

»Hey«, sagte sie und lächelte.

»Hey«, sagte ich und lächelte.

»Schönes T-Shirt«, meinte sie.

Schöne Brüste, lag mir auf der Zunge, denn auch wenn die nicht monstermäßig groß waren, hatte ich doch einen super Ausblick. Ich riss mich zusammen und sah ihr in die Augen, das lohnte sich: Die waren so kernig braun, dass man zu träumen anfing.

»Wieder raus?«, fragte sie, und ich nickte.

Wir chillten uns wieder auf den Schulhofhügel, fast schon ritualmäßig, fand ich, auch wenn es erst das zweite Mal mit uns beiden war. Carla hatte keine Zettel mit, ich eine Mappe voll.

»Was hast du denn da alles?«

»Na ja, ich hab ein bisschen was rausgesucht, hab ich doch gesagt, dass ich das mache.«

Carla rückte zu mir und nahm die Mappe, ihre nackte Schulter berührte meine, puh, und sie blätterte durch die Seiten. Ihr Mund öffnete sich leicht, und ihre Augen weiteten sich dabei. Staunen. Sie staunte!

»Du hast ja schon mehr, als wir brauchen.«

»Ja, ich war gerade so drin, da hab ich halt einiges gefunden. Nichts Großes.«

Sie schubste mir zärtlich gegen die Schulter.

»Ich habe doch gesagt, wir machen das zusammen, jetzt fühl ich mich ja voll schlecht.«

Ich grinste wie ein Otto.

»Brauchst du nicht, das ging echt schnell und entspannt.«

Sie schien nicht ganz überzeugt, aber ich merkte, dass sie sich heftig freute.

»Und was machen wir jetzt?«

»Wir könnten wieder chillen.«

Die Powerpoint ging ja zack, zack, die Zeit mit Carla wollte ich nicht damit verschwenden.

»Okay … und danke noch mal, das hättest du wirklich nicht machen brauchen.«

Sie legte dabei die Hand auf meinen Oberarm und sah mir unglaublich sexy in die Augen – oh Mann, dafür hätte ich auch eine Doktorarbeit geschrieben.

Wir legten uns nebeneinander, ganz dicht, sodass die Wärme ihrer Haut gegen mich strahlte. Die Sonne hatte noch keine Power, dafür war es zu früh, aber mir war heiß. Hosenbeule.

So lagen wir da also die ganze Zeit. Und diesmal pennte sie nicht, sondern rupfte im Gras rum, und wir wechselten ab und zu ein paar Sätze über irgendwelche Lehrer und Schüler, fast

eine richtige Unterhaltung. Ich fand's traumhaft. Das Einzige, was vielleicht ein bisschen störte, war die Wolke aus Rapskäfern, die um mich herumschwirrte, mein T-Shirt war mehr schwarz als gelb.

»Diesen Sebastian Dunker, wie findest du den eigentlich?«, fragte ich irgendwann sehr beiläufig.

»Ach, der. Geht so, warum?«

»Ach, nur so, hab euch heut nur reden sehen, wollt nur mal so fragen. So Interesse.«

Sie lächelte.

»Ach so, ja der textet uns immer zu und denkt, er kommt super an. Wär wohl gern ein Player«, sie zuckte mit den Schultern. »Ich find ihn kindisch und dumm.«

Oh, was für ein Triumph. Es war, als hätte Carla Dunker soeben die Hose runtergezogen, und ich lachte Dunkers Schrumpfpimmel aus.

»Mh«, ich nickte.

»Und er sieht ehrlich gesagt auch ziemlich scheiße aus, mit seinem Halbgangstergehabe oder was das sein soll.«

»Mmh.«

Was. Für. Ein. Triumph. Das ließ sich gar nicht beschreiben. Ich verschränkte die Hände hinter meinem Kopf und schloss für einen Moment die Augen. Dunker, dieser komische Halbgangster. Kindisch und dumm. Ein Witz für ein Mädchen wie Carla.

Schade, dass die zwei Stunden irgendwann zu Ende waren. Wir trennten uns erst wieder in der Klasse, und ich wäre ihr am liebsten den ganzen Tag hinterhergedackelt.

»Du grinst bescheuert«, sagte Leo.

Wir gingen auf den Pausenhof, nicht nach hinten, wir liefen mitten drauf herum, da, wo wir wollten. Irgendwie hatte Carla so eine Art Dunker-Mythos zerredet, das war auch nur ein Typ, der mal am Hebel saß und mal nicht. Und jetzt halt nicht mehr. Und auch, dass er einfach nicht mehr zu uns kam, sagte ja einiges.

Wir hatten gewonnen, das konnte man nicht mehr anders sehen. Der Kerl ließ uns in Ruhe, der guckte uns nicht mal mehr mit dem Arsch an, und seine Kumpels machten sowieso gar nichts mehr. Wir hatten gewonnen, und dafür hatten wir nur mal ein bisschen zurückschlagen müssen. Bäm. Da war mir meine gestrige Angst ja schon richtig peinlich.

Reli und Englisch waren sehr entspannt, erst Sport hatte etwas ganz und gar Unentspanntes an sich. Wir liefen.

Ich und Sport waren ja grundsätzlich keine Freunde, aber beim Laufen, da ging nichts. Bei Ballsportarten konnte man ja unbeteiligt rumstehen und hoffen, der Ball kullerte einem nicht vor die Füße, da spielte einen auch keiner an, wenn der Lehrer das nicht extra sagte. So Springen und Werfen und solche Sachen verlauchte ich, aber das ging schnell und quälte meinen Körper nicht sonderlich.

Aber Laufen? Also so fünf Kilometer?

Das war zum einen unglaublich stumpf (bei Teamsportarten entdeckte ich immerhin noch ein System, einen Grund, warum das Spaß machen sollte), zum anderen Folter. Unser Sportlehrer Herr Lobe joggte mit, von der Spitze nach hinten zu uns und wieder zurück, und immer, wenn er bei uns war, feuerte er uns

auf so aggressiv-angsteinflößende Weise an, dass man laufen musste, obwohl man ganz einfach nicht mehr konnte.

Wobei *uns* nicht ganz korrekt war, denn als Herr Lobe das zweite Mal in unsere Richtung kam, sahen Leo und ich uns in die Augen, und ich versuchte so etwas zu keuchen wie *Lauf, Leo. Warte nicht auf mich, ich komme zurecht*, aber mir reichte die Luft nur für »Lff«.

Leo verstand und beschleunigte, damit Herr Lobe ihm nicht wieder zwei Runden extra verordnete, weil er sich ja die ganze Zeit nur ausgeruht hätte.

Also blieben ganz hinten nur noch ich und mein Seitenstechen, aber wenigstens mit gutem Gewissen wegen Leo.

»Na los, Mister Matschke, da geht noch was, da muss noch was gehen«, schrie Herr Lobe, und ich versuchte zu beschleunigen.

Nachdem ich dann wirklich alles aus mir rausgeholt hatte, die fünf Kilometer irgendwie hinter mich gebracht und hechelnd nach etwas zu trinken suchte, klopfte mir Herr Lobe auf die Schulter und meinte:

»Jetzt mach mal nicht so 'ne Show. So doll warste jetzt nicht.«

Jedes andere Mal hätte mich das geärgert, warum ich mich eigentlich überhaupt angestrengt, meinen Körper mit Lungenbrennen und Schwindel gequält hatte, wenn am Ende nur so ein blöder Spruch bei rauskam.

Aber heute konnte mir das gar nichts. Ich stelle mir einfach vor, ich war die fünf Kilometer für Carla gelaufen, und schon war es okay.

Nach der Schule sah ich wieder Dunker, wie er Carla volllaberte, und ich musste grinsen.

»Was denn los?«, fragte Leo.

»Ach, nichts«, sagte ich. »Finde nur die Sache mit Dunker hammer. Also, wie das jetzt ist.«

»Ach so«, Leo grinste auch und strich sich Haare aus dem Gesicht. »Ja, ist voll hammer.«

Wir gingen zu mir, holten mein Fahrrad, fuhren zum Gewerbegebiet und chillten da rum so wie in den Sommerferien, geil.

Dann hatten wir Bock auf Eis und fuhren in die Stadt zur Eisdiele. Ich gönnte mir schön vier Kugeln – Schokolade, Haselnuss, Zimt und Vanille – und dachte, dass ich Carla auch mal zum Eis einladen könnte. Da würde sie sich bestimmt freuen. Ich meinte, warum nicht? Warum nicht einfach mal Carla zum Eis einladen? Wär doch nichts dabei, wär doch ziemlich cool.

Leo und ich schlenderten in der Innenstadt rum wie so ein altes Ehepaar, guckten mal hier ins Schaufenster, gingen mal dort rein. Aus dem Kleintierladen kam Wiegel mit einem Käfig, in dem zwei komische Nagetiere saßen. Wir gaben dem Akkordeonspieler, der ungefähr so gut Akkordeon spielte wie Leo Bass, ein paar Münzen. Ich schmierte mir mein T-Shirt mit Schokoladeneis ein, aber das interessierte mich kein Stück, die Sonne schien, das zählte.

18

Sonne für'n Arsch.

Etwas Riesiges stand über mir und warf einen genauso riesigen Schatten. Brennen an Knien und Handgelenken, da wo der Asphalt die Haut gefressen hatte. Das in die Luft gereckte Rad meines Fahrrads drehte sich weiter, immer langsamer, zum Stillstand kam ich nicht. Das riesige Etwas packte mich mit Pranken, die an Oberarmen hingen, dicker als mein Kopf, und zog mich auf die Füße.

Ich hatte den Größten erwischt. Der, der vor Leo stand, war zwar auch breit wie ein Gorilla, aber nicht ganz so riesig. Ich hatte den King Kong unter ihnen, wenn man so wollte. Ich zählte drei, vier Muskelwesen und einen Wolf.

Boah, da dachte man eben noch, man wäre der Master of the Universe, da ging man das erste Mal in diesem Jahr ohne schlechtes Gefühl in die Schule, da ließ Dunker uns sogar in Latein in Ruhe, da überlegte man schon, wie genau man Carla zum Eisessen einladen sollte, und ZACK – riss es einen vom Fahrrad.

King Kong ließ mich los und trat einen Schritt zurück, musterte mich. Er hatte kurz gemähtes hellblondes Haar, sein Gesicht bestand nur aus Kanten, und sein Kinn sah aus wie ein dicker, mit Haut überzogener Holzklotz. In den Augen lag etwas Stumpfes, das machte mir besonders Angst.

Die restlichen Typen sahen zwar anders aus als er, aber irgendwo auch völlig gleich. Nur Dunker mit seinem Wolfsgesicht und dem normalmuskulösen Körper stach raus.

»Na, ihr Schwanzlutscher.« Er stand irgendwie in der Mitte, obwohl die nicht auszumachen war auf diesem Bereich von Straße und Straßenrandgrün (hinteres Gewerbegebiet, keine Fabrikleute in Sicht).

»Hab ich nicht gesagt, wir gucken noch mal?«

Er fletschte die Zähne.

Das Autobahnrauschen schnitt durch meine Ohren, verwirrte mich.

Der Geruch von Schweiß, mein eigener oder King Kongs?

»Meine Kollegen hier haben sich bereit erklärt, euch ein bisschen Manieren beizubringen, hä. Mal sehen, ob ihr danach immer noch denkt, ihr könntet einen auf Dicken machen.«

Das war wohl so etwas wie der Startschuss. King Kong packte mich und rammte mir seine Faust in den Bauch.

Ich dachte, ich sterbe. Ich dachte, das war der eine tödliche Stoß, der alles unterhalb meiner Bauchdecke in eine blutige Masse verwandelt hatte. So milde waren King Kong und seine Freunde aber nicht.

Noch eine Faust in den Bauch, eine in die Seite – mindestens alle Rippen gebrochen.

Ich ging zu Boden, versuchte zu schreien, konnte nicht, fing stattdessen wie Sau an zu heulen.

Der andere Muskeltyp rupfte mich an den Haaren hoch, hielt

mich. Schläge, Tritte überallhin, nur nicht ins Gesicht. Jeder Schmerz zerstörend, wahnsinnig machend.

Ich sah nur noch schwammig, Farbflimmern, helles Sonnenblenden, nur einmal kurz erkannte ich Dunkers Fresse ganz deutlich, wie sie sich zu einer Grimasse aus grausamer Genugtuung verzogen hatte. Meine Ohren rauschten, konnten Töne nicht mehr auseinanderhalten, nur ab und zu ein Aufkeuchen, ein Aufjaulen zuordnen – Leo.

Dann wieder nur Rauschen.

Die hörten nicht auf, die wollten und wollten einfach nicht aufhören. Immer mehr Schmerzen, fuck Mann. War das der letzte Tritt? Der finale Schlag? Das hoffte ich nach jeder winzigen Pause.

Aber danach prallte der Fuß, die Faust, das Knie nur kräftiger gegen mich; da hatte nur einer etwas mehr ausgeholt. Die hörten einfach nicht auf!

Dann endlich, endlich ließen sie mich zu Boden fallen, wie eine Leiche. Ich versuchte unter Schmerzen aufzuatmen, dachte, es wäre vorbei.

War es nicht. Sie hielten mich am Boden. Dunkers Zähne tauchten vor mir auf, schimmernd. Ein Zug aus seiner Zigarette, das Aufglimmen, der Rauch in meinem Gesicht.

»Das wollt ich schon immer mal machen. Das sieht so witzig aus in den Filmen.«

Er riss mir die Hose vom Arsch, ich wehrlos, kriegte nichts bewegt, und er drückte die Zigarette mit Wolfsgrinsen auf meiner linken Arschbacke aus.

Und jetzt konnte ich plötzlich wieder schreien. Ich schrie wie ein Irrer. Ich schrie so sehr, dass meine Stimmbänder hätten reißen müssen. Es tat so scheiße weh!

Und dann der Geruch, der Geruch von verbranntem Fleisch, der Geruch von meinem verbrannten Arschfleisch. Fuck, fuck, FUCK!

Dunker hockte noch einen Moment bei mir und schaute mir ins Gesicht. Rotze lief mir aus der Nase, das Kinn herunter. Dann holte er ein Feuerzeug aus der Hosentasche und zündete die Zigarette wieder an. Verschwand aus meinem verschwommenen Blickfeld.

Kurz darauf hörte ich Leo brüllen, wir hatten jetzt wohl das gleiche Tattoo.

»PCs kaputt machen kann anscheinend doch ganz schön ungesund sein. Ich hoffe, das ist euch eine Lektion«, sagte Dunker, drehte sich um und schlenderte davon.

Seine Muskelwesen folgten ihm.

Aber vorher beugte King Kong sich noch mal zu mir runter: »Wenn ihr das hier irgendeinem erzählt, schlagen wir euch tot.«

Da King Kong kein Affe großer Worte zu sein schien, nahm ich diesen einen Satz, den er während der ganzen Zeit gesprochen hatte, ziemlich ernst und versuchte noch zu nicken, was scheiße wehtat.

Dann war auch er weg.

Und Leo und ich lagen da, halb auf der Straße, halb am Straßenrand, die Hose vom Arsch weggezogen, und ich traute mich nicht aufzustehen oder mich irgendwie zu bewegen, weil es schon so genug wehtat.

Irgendwann half Leo mir auf. Irgendwann musste man ja aufstehen, wir konnten nicht ewig da liegen bleiben – obwohl es genau das war, wonach mein pochender Körper bettelte.

»Geht?«, fragte er. Seine Oberlippe war aufgeplatzt, aber sonst hatten sie das Gesicht in Ruhe gelassen, offensichtliche Spuren vermieden.

Ich nickte.

Mein Fahrrad lag als eine zertretene Leiche in der Abendsonne. Der Vorderreifen war zu einer Schüssel gebogen und hing lose vorne drin, überall Speichen draußen, die Gangschaltung zertrümmert.

Leos Rad sah nicht besser aus, da hatten sie es sogar geschafft, das Hinterrad mit Gängen komplett rauszubrechen, sodass es wie ein abgerissenes Körperteil im Gestrüpp hing. Wir ließen die Dinger liegen, da war nichts mehr zu retten, und machten uns auf den Weg nach Hause.

Mein linker Oberschenkel rächte sich bei jedem Schritt mit einem mies gelaunten Schmerz, mein Oberkörper *war* sowieso Schmerz – personifiziert. Ich keuchte bei jeder Bewegung wie ein Tier.

Wo hatte Dunker diese Pumper eigentlich hergeholt?

Ach, na klar: Der hatte sich bestimmt auf jeder Party im ganzen Umkreis bei denen eingeschleimt.

»Hey, King Kong, mein Kollege. Wie läuft es so? Sag mal, hast du zugenommen?«

»Hey, King Kong, mein Bruder. Was geht? Ich hoffe, deine Anabolikavergiftung hat sich auskuriert.«

»Hey, King Kong, mein bester Freund. Hier, ich habe ein paar

Mädchen gefunden, die auf kleines Hirn und dicke Muskeln stehen.«

Das konnte Dunker ja, rumschleimen.

Leo und ich trennten uns an der Hauptstraße, keiner brachte den anderen bis nach Hause, weil jeder Schritt zu viel war.

»Sagst du jemandem was?«

Leo stand krumm zur Seite gebogen, er hielt sich die Rippen. Ich schluckte.

»Nee.«

»Wir regeln das?«

»Ja.«

»Aber wir geben nicht klein bei, richtig?«

»Richtig.« Ich ballte die Faust, sie zitterte.

Oh, wie ich das ernst meinte. Dunker hatte seine Chance gehabt, jetzt würde er es so richtig zurückbekommen – für alles. Was der mit uns Schultag um Schultag gemacht hatte, da mussten wir Jahre für schuften, um das zu rächen.

Diese feige Sau holte irgendwelche Pumper, um uns fertigzumachen? Der dachte wohl, damit hätte er uns jetzt wieder unter Kontrolle oder so was – pah.

Wir gucken noch mal, *wir gucken noch mal.*

»Bis dann«, meinte Leo, und dann humpelten wir auseinander.

Als ich zu Hause ankam, hörte ich Wiegel brüllen: »Ratten? Ich glaube es nicht, du bist so ein falscher Hund. Da findet man seltene Degus in seinem Garten, und du sagst, das sind Ratten? Schämen solltest du dich, du Mistkerl.«

»Ich komm da gleich mal rüber. Schließlich hast du mir auch

Ratten in meinen Garten gesetzt, das wird noch Konsequenzen haben!«

»Ich habe niemals –«

Ich knallte die Tür hinter mir zu und legte mich direkt ins Bett. Versuchte mich nicht mehr zu bewegen, nicht einen Millimeter.

Meine Mutter kam nach Hause, fast in mein Zimmer gestürmt. Ihr Haar wehte richtig hinter ihr her.

»Ich habe Kassler und Sauerkraut und Kartoffeln –«

Sie brach ab. Kam besorgt zu meinem Bettrand, ich drehte mich unter Schmerzen weg, damit sie nichts sehen konnte.

»Was ist denn mit dir los?«

Sie klang besorgt. Ich roch ihr Parfum vermischt mit etwas Schweiß. Ihr Atem vom Treppensprint noch schnell und ruckartig.

»Ich hätte gern meine Ruhe … Liebeskummer und so.«

Mir fiel einfach nichts Besseres ein, dabei war das mit Carla ja die einzige Sache, bei der es gerade gut lief. Aber was sollte ich schon sagen? Ich wollte weder totgeschlagen noch an meiner Rache gehindert werden.

»Oh … okay.«

Meine Mutter versuchte, sich die Enttäuschung nicht anmerken zu lassen, aber ich hätte danach greifen können, ehrlich. Und mit Recht, sie hatte für mein Lieblingsessen eingekauft, sie hatte sich bestimmt auf einen Abend mit ihrem Sohn gefreut, sie hatte so viel gute Laune mitgebracht.

»Dann ruh dich mal aus. Ich bin unten, wenn was ist.«

Sie sagte das auch noch liebevoll. Ich ließ sie hängen, log sie an, und sie sagte das so verdammt liebevoll.

Als sie die Tür hinter sich geschlossen hatte, begann ich zu heulen. Die Tränen durchweichten mein ganzes Kopfkissen. Was konnte denn meine Mutter dafür? Was denn? Die durfte da nicht so drunter zu leiden haben, das war nicht unfair, das war das Unfairste überhaupt, das ging einfach nicht.

Und in diesem Augenblick hasste ich Sebastian Dunker.

19

Solange meine Mutter im Haus war, blieb ich im Bett. Ging nicht mal auf Klo, damit sie nichts bemerkte. Einmal brachte sie mir einen Teller mit Kartoffelpüree, Schnitzel und drei Schokoladenstückchen, dazu ein Glas Cola. Stellte das Ganze auf meinen Nachttisch und huschte gleich wieder weg. Was war das Gegenteil von Rabenmutter? Schwanenmutter?

Ich verbrachte den Restmittwoch, den Donnerstag und den Freitag im Bett. Brütete über meinen Racheplänen, die gediehen prächtig. Bei einem meiner wenigen Badbesuche zog ich die Hose von meinem Arsch und sah mir Dunkers Brandmal an. Der schwarze Punkt sah falsch und tot aus an meinem blassen Hintern, sofort hatte ich wieder den Geruch von meinem verbrannten Fleisch in der Nase, schmeckte ihn auf der Zunge. Konnte mich fast wieder schreien hören, konnte Leo schreien hören. Wir gucken noch mal, Dunker, *wir gucken noch mal.*

Samstagmorgen schleppte ich mich, nachdem meine Mutter zu einer Tour los war, nach draußen. Ich holte ein altes Rennrad meiner Mutter aus dem Abstellschuppen und machte mich auf den Weg zu Opa. Mein Körper war zwar immer noch eine Ruine, grüne und blaue Muster auf meinem Oberkörper, aber irgendwann musste ich ja weitermachen und außerdem brauchte ich das – Opa zu besuchen.

Vorher machte ich allerdings noch einen Schlenker zu Leo. Gar nicht aus so einem bestimmten Grund, wahrscheinlich am ehesten, weil ich sehen wollte, wie es ihm ging.

»Leo ist beim Kieferorthopäden«, sagte seine Mutter und lächelte kein bisschen wie sonst. »Aber komm rein, so lange wird das bestimmt nicht mehr dauern.«

»Am Samstag?«, fragte ich und machte keine Anstalten, reinzugehen.

»Ja, da ist etwas mit seiner losen Zahnspange nicht ganz in Ordnung. Die sitzt nicht mehr so ganz, und der Orthopäde hat gesagt, er sei heute ohnehin in der Praxis. Da soll Leo mal vorbeischauen.« Sie trat zur Seite und machte eine einladende Geste. »Jetzt komm rein und trink erst einmal was, du siehst schrecklich aus.«

Dabei hatte Leos Mama so einen durchdringend prüfenden Blick, wie meine Mama ganz manchmal auch. Vielleicht war das so eine Grundfähigkeit von Müttern.

Ich folgte ihr also in die Küche und ließ mir ein Glas Wasser einschenken. Begrüßte Kian, der mit Handy und einer Schüssel Schokomüsli am Tisch saß. Kian hob kurz die Hand und aß dann gleich weiter, tippte nebenbei auf dem Display herum, seine Haare ohne Gel platt, das hatte etwas Ungewohntes.

»Erzähl mal, wie geht es dir, Ferdinand?«, fragte Leos Mama und setzte sich zu mir an den Tisch.

Oh Mann, warum war ich nicht einfach gleich zu Opa gegangen? Ich rückte den Stuhl ein Stück nach vorne, sodass er

über die Fliesen schabte. Klang wie eine Gefängnistür mit Kraft zugedrückt.

»Joa, ganz gut so weit.«

»So weit?«

»Ja, nee, ganz gut.«

»Also in der Schule ist alles in Ordnung?«

Kian schaute zu mir hinüber, und unsere Blicke trafen sich kurz. Dann erhöhte er sein Essenstempo. Jetzt voll konzentriert. Der Löffel schlug gegen die Schüssel und kratzte an den Zähnen.

»Ja«, sagte ich und griff nach dem Glas, das Wasser kühl, meine Hände plötzlich zittrig. »In Mathe verstehe ich nicht so viel. Aber dafür habe ich ja Leo.«

Dann schwieg ich, und auch Leos Mama schwieg, und nur die Essensgeräusche von Kian waren zu hören.

»Also du weißt, dass wenn irgendetwas ist, dass du mir das ruhig erzählen kannst. Ich hab ja auch ganz gute Kontakte zur Schulleitung.«

Einen Bruchteil von einem Bruchteil einer Sekunde wollte ich etwas sagen. Wollte ich alles sagen und heulen und nicht mehr aufhören, bis das alles aufhörte. Aber wozu? Damit Dunker alles abstreiten konnte und mit Ermahnungen davonkam und all die Scheiße, die er uns angetan hatte, einfach vergessen wurde? Damit er nichts von dem wirklich spürte?

Wir regeln das.

Ich konnte und ich wollte Leos Mama einfach nichts sagen.

»Nee, nee. Alles gut«, meinte ich und versuchte mich an einem Lächeln. »Die Schulleitung wird sich wenig für meine Mathenote interessieren.«

Leos Mama schwieg und schaute mich einfach nur an. Der Lippenstiftmund eine gerade rote Linie. Ich trank mein Glas in einem Zug leer. Es kam mir vor, als schluckte ich flüssiges Eis; brannte in der Speiseröhre.

»Ich wollte auch eigentlich nur eine DVD von Leo holen. Ich muss dann auch gleich weiter. Du kannst ja Leo von mir grüßen.«

Leos Mama holte tief Luft, drückte die Schultern nach hinten und rückte sich auf dem Stuhl zurecht.

»Die neuesten DVDs sind, glaube ich, bei Kian.«

»Ist auch nicht so wichtig.«

»Dafür bist du schließlich hier. Kian geht bestimmt kurz mit dir hoch.«

Kian sah zu mir und nickte stumm, schob die Müslischüssel Richtung Tischmitte und huschte aus der Küche, ich hinterher. Die Treppe hoch, wir schwiegen dabei, Kians Zimmer war sympathisch unordentlich. Auf dem Simpsons-Bettbezug lagen ein paar Comichefte von Leo.

»Welche DVD willst du denn?«

»Äh … Tribute von Panem?«

»Die hab ich hier, glaub ich.«

Kian begann in dem DVD-Stapel des untersten Regalfaches zu suchen. Irgendwie war mir die Situation unangenehm.

»Hast du den schon geguckt?«, fragte ich.

»Ja.«

»Und?«

»Ganz ok.«

»… Leo mag dich voll gern, weißt du das eigentlich?«

Das kam plötzlich aus mir heraus. Überraschte mich selbst, als hätte meine Zunge kurz eine Direktschaltung zum Hirn gehabt, bei der ich nicht mehr mitreden konnte. Kian stand auf, drückte mir die DVD in die Hand, blickte dabei auf das Laminat mit seinen vielen Astlöchern.

»Klar, weiß ich das«, sagte er leise. »Blöde Frage.«

»Stimmt«, sagte ich, weil mir nichts anderes einfiel und dann noch: »Danke.«

Ich drehte mich um und ging aus dem Zimmer. Kian begleitete mich bis zur Tür, erneut schweigend.

»Tschüüss«, rief ich in Richtung Leos Mutter.

»Bis dann«, sagte ich zu Kian. »Grüß Leo.«

»Mach ich«, sagte Kian. »Bis dann.«

20

Ich hatte Opas Begrüßungsritual nicht einberechnet, beim Schulterkloppen musste ich einen Schmerzensschrei unterdrücken, beim Schubser fiel ich fast um.

»Keine Kraft heute?«

Opa guckte mich mit einem Silberblick an. Da wusste ich gar nicht, welches Auge wohin schaute.

Ich murmelte etwas, und wir gingen in die Laube. Opa holte Cola und goss mir ein.

»Und, geht es dir gut?«

»Nicht so.«

Ich nippte an meiner Cola.

Opa ließ seinen Blick über den weißen Plastiktisch, dann nach rechts durch den Garten wandern, mir fiel auf, dass seine Hand ziemlich zittrig war.

Wir saßen eine ganze Weile einfach nur da. Ab und zu nahm ich einen Schluck von der Cola. Als sie leer war, goss Opa mir nach. Dann saßen wir wieder da und lauschten den Vögeln und dem Hund, der ein paar Häuser weiter in hoher Tonlage in den Sommermorgen bellte.

Irgendwann räusperte ich mich.

»Keine Ahnung, es ist halt so, dass ich die Welt nicht fair

finde, weißt du. Ich finde nichts ist hier wirklich gerecht. Und das geht mir einfach auf den Sack.«

Opa sah mich einfach nur aufmerksam an, saß da in Zuhörerhaltung.

Ich starrte auf die Leberfleckchen, die seinen Arm wie Sommersprossen überzogen.

»Und ich will das ändern, weil das ja einfach nicht geht, verstehst du? Aber ich hab Angst davor, weil … na, weil das mit dem Ändern kann ja auch mal in die Hose gehen.«

»Mmmh«, machte Opa und blickte mich weiterhin aufmerksam an.

»Ich mein, wenn du es total verhaust, dann kannst du nichts mehr machen. Dann kannst du's vielleicht sogar überhaupt nicht mehr in Ordnung bringen«, ich holte Luft, mein Atem ging irgendwie gepresst und flach. »Und deswegen hab ich Schiss, verstehst du?«

»Sicher«, Opa guckte wieder mit seinem Silberblick. »Und weißt du, ob du's riskieren willst?«

»Ich glaub schon.«

Ich nahm einen großen Schluck von der Cola wie ein Gangster von seinem Whiskey ohne Eis.

Opa nickte.

»Sei dir nur sicher, dass du verstanden hast, was Gerechtigkeit ist.«

Ich kniff die Augen zusammen.

»Was meinst du?«

»Na, dass es viele verschiedene Auffassungen von Gerechtigkeit auf dieser Welt gibt.«

»Opa, jetzt mach mal nicht auf Dumbledore, sag doch mal, was Sache ist.«

»Sag du doch mal, was Sache ist.«

Opa grinste verschmitzt, und ich schwieg und dachte, dass Opa ein schlagfertiger Typ war. Dann lauschten wir wieder den Vögeln und dem Hund, der sich einfach nicht beruhigen wollte.

Irgendwann begann Opa, Geschichten zu erzählen, und ich war ihm dankbar dafür. Er erzählte von mir als Kleinkind, von meiner Mutter als Kleinkind, von seinen alten Kumpels. Später redete er vom Krieg.

»Mein Großvater, der hat's überlebt. Also den ersten Weltkrieg, wo ich noch gar nicht geboren war. Aber der hat oft davon erzählt, mein Großvater, der hat fast so gerne erzählt wie ich. Bloß mein Großvater hatte keine schönen Geschichten zu erzählen. Der hat sich freiwillig gemeldet damals, als der Krieg anfing. Der hat gesagt, der Feind muss in seine Grenzen gewiesen werden. Wir müssen die mal so richtig in die Schranken weisen, hat er gesagt. Und meine Großmutter – die erzählte mir auch immer viel –, meine Großmutter hat ihn angefleht, er solle doch daheim bleiben, er solle auf seine Familie aufpassen. Und mein Großvater hat gesagt, es gehe hier auch um Ehre, nicht nur um Familie. Und außerdem verhindere er doch, dass der Feind zu ihnen nach Hause käme. Und meine Großmutter hat gesagt, er sorge bloß dafür, dass der Feind wirklich als Feind käme. Und mein Großvater hat gelacht und gesagt, von Krieg verstehe sie nichts, und dann hat er sich noch mal ausbilden lassen und ist nach Frankreich marschiert. Spätestens Weihnachten wären sie siegreich zurück, ganz sicher war er sich da.

Nun, und nachdem er das erste Mal an der MG gesessen hatte und die Feinde aus ihren Schützengräben ihm entgegengestürmt waren und er einfach draufgehalten hatte, wo er doch ihre verzerrten Gesichter schon halb erkennen konnte, und nachdem der Schädel seines teuersten Kameraden von einer Kugel durchlöchert worden und er gegen die Schulter meines Großvaters gesackt war – da hat er dann meiner Großmutter einen Brief geschrieben, dass es schrecklich ist und dass er nach Hause will. Aber er ist nicht nach Hause. Er hat weitergemacht, bis zum Kriegsende. Der hat mehr als drei Jahre lang auf französische Köpfe gezielt. Und jeder Tag war die Hölle für ihn.«

Opa schloss seinen Mund und starrte an mir vorbei auf die kleinen, trockenen Petunien im Tontopf. Ich schluckte.

»Und aufhören konnte er nicht, weil er sonst fahnenflüchtig gewesen wäre?«

Opa schüttelte den Kopf.

»Fahnenflucht, das war nicht das Problem, das hätte er sich getraut, das hätte er notfalls riskiert. Angst hatte er nicht. Außerdem hätte er sich auch in den Fuß schießen können, um ins Lazarett und dann erst einmal nach Hause zu kommen – das haben viele gemacht.«

»Hä, und warum hat er dann weitergemacht?«

»Das hat vielleicht nur er gewusst«, sagte Opa und lächelte schief und ein bisschen traurig, und ich dachte, dass Opa wirklich ein ziemlich komischer Dumbledore war.

Auf dem Rückweg donnerte es, und warme Regenschauer strömten auf mich herab, irgendwie tat das gut. Zu Hause rief ich Leo an, und wir quatschten eine ganze Zeit lang über *Superblut* und ob die Leute aus Heroes da auch was zu suchen hätten oder nicht. Wir einigten uns darauf, dass Heroes eine ziemlich geile Serie war, zumindest die ersten zwei Staffeln, und wir dringend einen Heroes-Nachtmarathon durchziehen mussten. Danach kamen wir nicht mehr drum rum:

»Also, wie sieht's aus?«, fragte ich. »Also mit Dunker.«

Atmen am anderen Ende der Leitung.

Dann: »Ja, wann schlägt das Imperium zurück?«

»Wir sind doch nicht das Imperium.«

»Okay, okay«, sagte Leo. »Wann schlagen die Rebellen zurück?«

»Keine Ahnung, was machen wir denn überhaupt?«

»Weiß nicht, vielleicht sollten wir ins Fitnessstudio, damit wir uns besser wehren können.«

»Nee, das ist doch Quatsch«, sagte ich und hatte dabei vor Augen, wie ich unter einer selbst für Leo federleichten Langhantel zusammenbrach.

»Das dauert doch viel zu lange. Außerdem brauchen wir irgendetwas, womit wir es Dunker auch richtig zeigen können.«

»Ja, aber was denn?«

»Keine Ahnung. Irgendwas, das den so richtig trifft, das dem viel mehr wehtut als die fehlenden Bilder auf dem PC oder deine Fäuste.«

»Okay, dann müssen wir überlegen, wo seine Schwachstellen sind«, sagte Leo, und ich war mir ziemlich sicher, dass er jetzt angefangen hatte, in seinem Zimmer auf und ab zu laufen.

Ich begann ebenfalls damit.

Dunker, was gab es da?

Was wusste ich über ihn?

Und dann dachte ich an das Gespräch mit Carla und wie sie sich über Dunkers Halbgangstergehabe lustig gemacht hatte.

»Klar«, sagte ich in den Hörer.

»Was klar?«

»Klar, wir müssen was finden, was den blamiert. Darum geht's Dunker doch immer – der will cool sein. Der will Gangster sein. Und wenn wir was haben, was den für immer vor allen blamiert, was sein ganzes Image irgendwie kaputt macht, dann ist das der heftigste Schlag, den die Rebellen raushauen können. Verstehst du?«

»Hast recht«, sagte Leo nach kurzem Zögern, so als erkenne er langsam die Lösung eines Rätsels. »Das ist echt das Heftigste für den. Das … boah, Fred, wir brauchen was richtig Peinliches!« Er machte eine kurze Pause. »Wo kriegen wir das her?«

Wir schwiegen wieder und gingen auf und ab. Aber ich war mir sicher, Leo wusste auch, worauf es hinauslief.

Todesstern.

»Wir müssen zu ihm nach Hause und da suchen«, sprach ich es irgendwann aus.

»Ja«, sagte Leo nur.

»Kannst du rausfinden, wo der wohnt?«

»Das Internet wird's schon wissen.«

»Okay.«

»Und wann wollen wir?«

»Morgen?«

»Hört sich gut an.«

»Ja.«

»Also dann …«

»Bis morgen.«

»Jo, bis morgen.«

Ich legte auf, hielt das Telefon ungefähr eine Minute in der Hand und dachte nichts, mein Kopf so leer wie Dunkers PC. Dann räusperte ich mich und humpelte zu Hildegard, um sie mit Löwenzahn zu füttern. Hildegard fiepte. Ich rupfte einige Blätter vom Rasen und hielt sie ihr hin. Sie knabberte eifrig, aber anders als sonst, nicht so hungrig. Sonst musstest du ja aufpassen, dass die deinen Finger nicht mit anknabbern vor lauter Löwenzahnfreude, diesmal überhaupt nicht.

»Na, vermisst du deine Freundin?«

Ich sah zu Gertrudes Grab und wurde wieder wütend. Rupfte feuchtes Gras aus und warf es, dunkelgrüne Striche durch die Luft. Ich saß noch eine Weile mit Hildegard draußen, dann humpelte ich rein und wieder ins Bett. Brauchte ja Power für morgen.

Meine Mutter kam spät und sah noch nach mir.

»Immer noch nicht besser?«, fragte sie ins Dunkel.

»Immer noch nicht besser.«

»Aber außer Liebeskummer ist alles okay?«

»Ja, außer das alles okay.«

Das war das Schlimmste. Meine Mutter zu belügen, das war das Schlimmste.

21

Ich wachte mit Adrenalin auf, hatte Sorge, mein Körper würde davon explodieren. Wie sollte das erst werden, wenn es richtig losging? Ich blieb im Bett liegen und wartete darauf, dass meine Mutter das Haus verließ. Das passierte leider erst um zwei, Opa besuchen. Sie fragte, ob ich mitwolle, vielleicht tue mir das gut, ich schüttelte den Kopf.

»Okay, dann bis später«, sagte sie und strich mir flüchtig durchs Haar, sie war schon wieder so besorgt-blass im Gesicht. Das musste aufhören.

Ich rief Leo übers Handy an, er hatte Dunkers Haus geortet.

»Ich hol dich ab«, meinte er. »Ist viel dichter bei dir dran als bei mir. Wir müssen nach Barnfeldt.«

Ich zog mich schwarz an, also fast schwarz, ich hatte nur eine graue Hose, und auf dem T-Shirt war ein Matchbox-20-Schriftzug. In meine Hosentasche kam das Minifernrohr – wichtig. Ich nahm eine Mütze, schnitt Löcher rein für die Augen und zog sie probehalber über Kopf und Gesicht – ging bis zum Kinn, lief. Die zehn Minuten danach waren schlimmer als jedes Warten vor einer Klassenarbeit, die man nicht verhauen durfte, weil sonst eine Fünf in Mathe auf dem Zeugnis stand. Nebenan röhrte eine Kettensäge, und ich sah Sabelmann in Wiegels Garten den Walnussbaum fällen. Endlich kam Leo an, auf dem viel zu kleinen BMX-Rad von Kian. Er trug komplett schwarz, ohne Einschränkungen.

»Let's go?«, fragte er.

»Let's go.«

Wir fuhren wacklig, als wäre es unser erster Tag ohne Stützräder, weil wir noch ziemlichen Körperklaus hatten. Aber unsere Mission war wichtiger als irgendwelche Wehwehchen, also hieß es Zähne zusammenbeißen. An Gersten- und Maisfeldern vorbei, Rapsfeldern, ab und zu Kornblumen zwischendrin, Baumgruppen, heizender Asphalt.

In Schwarz auf Gelb:

Barnfeldt

Landkreis Wolstedt

Nicht mehr weit.

Meine Hände schwitzten wie Sau, die Fahrradgriffe glitschig. Ein alter Mann ging auf dem Bürgersteig und glotzte uns misstrauisch an. Ich versuchte, unauffällig geradeaus zu gucken. Diese fast-schwarzen Klamotten absorbierten das Sonnenlicht, sodass mir immer wärmer wurde; ich steckte in Brutkleidung. Leo gab den Weg vor, wir bogen in eine Straße mit langen Rissen in der Fahrbahn ein, dann noch mal nach rechts. Leerer Asphalt, Barnfeldter Siesta.

»Da hinten.« Leo deutete auf ein Haus am Ende der Straße. Es hatte etwa die Größe von Leos Haus, vielleicht ein bisschen kleiner, weiße Backsteine, schwarzblaue Dachziegel. Ein großer

Garten wand sich darum, glatt gemäht und ohne Klee, zwei fette Kirschbäume, ein Apfelbaum. Nach Dunkers Haus kam noch ein roter Backsteinquader Marke Fertigbau und dahinter ein großes Maisfeld.

»Und jetzt?« Leo verlangsamte.

»Lass unauffällig vorbeifahren und dann dahinten ins Maisfeld.«

Wir fuhren darauf zu, direkt vorm Maisfeld schaute ich mich noch einmal nach allen Seiten um. Niemand zu sehen, also rein in den dunkelgrünen Pflanzenwald, die Fahrräder nahmen wir mit.

Es war wirklich wie in einem schattigen Wäldchen, nur geordnet, ein leichter Wind ließ alles rascheln, als bewege sich da unendlich viel Papier. Endlose Korridore, in die die Blätter hineinhingen wie Äste über den Wegesrand. Dunkler Ackerboden, bröselig. Es knackte laut, als wir vorwärtspirschten und Blätter abbrachen. Mir gefiel diese andere, gedämpfte Welt, und ich hatte große Lust, die Dunkersache zu vergessen und hierzubleiben. Aber das ging natürlich nicht.

Wir ließen die Fahrräder ein paar Reihen tiefer im Maisfeld und schlichen dann wieder an den Rand des Ackers, allerdings so, dass eine Reihe uns noch vor den Häusern der Straße versteckt hielt. Ich holte das Minifernglas aus der Hosentasche und guckte durch. Ich brauchte ewig, bis ich das Ding scharf auf Dunkers Haus gestellt hatte. Dazu nervten noch die Büsche auf dem Fertighausgrundstück. Aber schließlich hatte ich Dunkers Haustür gut im Blick und konnte Teile des Gartens sehen.

»Und? Was passiert?«, flüsterte Leo.

»Nichts«, flüsterte ich.

»Aha«, flüsterte Leo.

Der Wind hatte schon wieder aufgehört, und es war jetzt ganz still im Maisfeld, still und kühl. Kurz hoffte ich, es würde den ganzen Tag nichts passieren. Dann konzentrierte ich mich wieder auf die Mission.

Wir beobachteten das Haus eine halbe Stunde.

»Darf ich mal?«, flüsterte Leo.

Ich gab ihm das Fernglas.

Wir beobachteten das Haus eine Stunde.

Eine Stunde Beobachten war ziemlich lang, ohne Scheiß. Ich konnte nicht mehr stehen und hatte Kopfschmerzen.

Dann nach weiteren zwanzig Minuten:

»Da ist er, da ist Dunker!« Vor Aufregung vergaß Leo zu flüstern.

»Was macht er?«, flüsterte ich, bei mir kribbelte es überall, aber nicht schön wie beim Angucken von Carla, eher wie tausend kleine Stiche. Ich hatte sozusagen statt Schmetterlingen eine Horde Pferdebremsen im Bauch.

»Er holt sein Rad und fährt los.« Leo presste sich das Fernglas an die Augen. »Er haut ab, das ist unsere Chance.«

»Bist du sicher, dass er weg ist?«, fragte ich.

»Jo, er verschwindet gerade um die Ecke.« Leo nahm das Fernglas runter. »Also, los geht's?«

Ich nickte grimmig. Wir zogen unsere Masken übers Gesicht und schlichen uns aus dem schützenden Blätterwald. Leider war mein Sichtfeld so eingeschränkt, dass ich die Bodenwelle übersah und mich ordentlich hinpackte.

»Scheiß Mütze.« Ich zog mir das Ding vom Kopf und warf es ins Maisfeld zurück. Leo warf seine Tarnung hinterher.

»Das nervt ja echt, allein wie man schwitzt da drunter. Stell dir mal vor, du musst damit ’ne Geiselnahme durchziehen oder so was.«

Ich nickte, konzentrierte mich dann aber wieder. Besonders auf den Boden. Wir schlichen, nun nicht mehr anonym, am Straßenrand entlang auf Dunkers Haus zu. Mann, jeder, der nur aus dem Fenster guckte, konnte uns sehen. Scheißidee, was für eine Scheißidee. Egal, ruhig bleiben.

Plötzlich bewegte sich etwas in der Hecke vom Fertighaus, ich zuckte zusammen. Eine weiße Katze mit fuchsorangem Kopf kam raus und miaute laut. Puh.

Wir schlichen weiter, die Katze lief uns hinterher, den Schwanz senkrecht in die Luft gereckt, und rieb sich schnurrend wie ein Rasenmäher an meinem Bein.

»Mann, mach die weg.« Leo sah sich hektisch nach allen Seiten um, wir standen jetzt vor Dunkers Gartentor.

Die Katze miaute fordernd und schob ihren Kopf an meinem Unterschenkel entlang, das Schnurren nun auf Motorradlautstärke.

Ich nahm sie hilflos in beide Hände und setzte sie ein paar Meter nach hinten, zu ihrer Hecke. Sie kam wieder. Ich öffnete Dunkers Gartentor und zeigte Leo an, er solle hindurchgehen. Dann sprang ich hinterher und zog das Tor hinter mir zu, die Katze zwängte sich drunter durch und rieb schnurrend weiter.

Ich fluchte leise, kümmerte mich dann aber nicht mehr um sie, ich hatte andere Sorgen.

Ihr brecht gerade ein. Ihr macht gerade etwas ziemlich Illegales. Hausfriedensbruch. Kommt man dafür in den Knast? Nein, Quatsch, aber vor Gericht und alles bestimmt. Und was soll meine Mutter denken, wenn das passiert – dass ihre Erziehung versagt hat, oder was?

Diese Gedanken spulten da in einer Endlosschleife in meinem Kopf rauf und runter, während wir am Gartenrand entlang ums Haus schlichen.

»Vielleicht ist irgendwo ein Fenster offen«, flüsterte ich.

Hinter uns riesige Rosenbeete, bestimmt tausend rote Blüten. Vor uns die Terrasse, Steinplatten und ein weißer Holztisch, wie poliert. Eine Fensterwand mit Terrassentürfenster, gekippt. Mir war danach wegzulaufen und mich im Maisfeld zu verkriechen, alles war schon wieder ganz wabbelig. Ich dachte an Gertrude, an das Belügen meiner Mutter und schob meinen Arm durch den Spalt. Drehte den Griff. Ich stieß die Terrassentür auf, Dunkers Höhle wartete. Wir sahen uns noch einmal an, nickten uns zu und huschten rein. Die Katze folgte uns schnurrend.

Das Wohnzimmer lag im Schatten, weil die Sonne von der anderen Seite durch die Jalousien abgehalten wurde. Schwarzledernes Couchset, großer Fernseher, Teppichboden, für mehr Feindstudie blieb keine Zeit.

Ich drückte die Klinke der Wohnzimmertür runter, ganz langsam, zog sie auf. Stille auf dem Flur, flimmernde Stille.

Und was, wenn Dunker schon wieder da war? Wenn er nur kurz was von einem Kumpel holen gefahren und schon durch die Vordertür reingekommen war, während wir hinten rumgeschlichen waren?

Die Katze machte den Anfang. Sie tippelte vorwärts und fing an, ihre Krallen an einem geflochtenen Stuhl in einer Ecke des Flurs zu wetzen. Wir folgten ihr.

Schritt für Schritt durch den Flur, Dunkers Zimmer war bestimmt oben. Die Holztreppe hoch.

Eine Stufe knackte laut unter meinem Gewicht, wir erstarrten. Lauschten in den Flur. Aber da war nur die staubige Ruhe eines Hauses an einem Sommertag. Also weiter. Oben gab es vier Türen, alle gleich, ich hatte ja auf ein Schild wie »Hier haust der Meerschweinchenmörder und Folterer Sebastian Dunker« gehofft.

Leo schob die Tür rechts von uns auf, das Bad, Fehlanzeige. Ich wählte die Tür ein bisschen weiter hinten: ein Ehebett mit Blumenbezug. Ich fuhr zusammen, als etwas nach meinem Bein griff, aber es war nur die Katze, die sich wieder daran rieb.

»Got it«, flüsterte Leo von rechts und schob die Tür ganz auf. Das war sie, Dunkers Höhle. Wir schlichen fast ehrfürchtig hinein, schlossen die Tür hinter uns, schauten uns um, als stünden wir im achten Weltwunder. Hier lebte er also, so lebte er also.

Das Schlimme war, dass es wie ein ganz normales Jungszimmer aussah. Boxershorts und Socken in der Mitte des Raumes, eine Men's Health auf dem Nachttisch, auf dem Schreibtisch flogen eine Menge Zettel durcheinander, ein großer Fernseher mit Playstation 4, daneben die Hülle von FIFA und die DVD Crank 2.

Gut, ein Boxsack baumelte neben dem Fenster von der Decke wie der Kokon eines riesigen, fremden Wesens, aber ich hatte so was erwartet wie … keine Ahnung, nichts Normales eben …

ausgestopfte Tiere oder so was Serienkillermäßiges mit Zeitungsartikeln und Fotos mit ausgekratzten Augen.

Leo schwenkte den Kopf nach links und nach rechts.

»Also, wonach suchen wir genau?«

»Keine Ahnung. Irgendwas heftig Peinliches halt. Ein Tagebuch mit komischen Sachen drin oder so was«, sagte ich, obwohl ich nicht wirklich glaubte, dass gerade Dunker Tagebuch führte. Aber irgendwas würde es da schon geben, was man benutzen konnte.

»Hey, vielleicht hat er auch was Peinliches auf dem PC«, meinte Leo.

Ich öffnete schon den Mund, um mit *gute Idee* zu antworten, hielt dann aber inne. Einen Moment schwiegen wir, guckten zum PC, dessen Festplatte Leos Zockerkollege vor einigen Tagen sehr sorgfältig gelöscht hatte, und schließlich wieder einander an.

»Shit«, sagte Leo.

»Egal jetzt!«, sagte ich. »Lass einfach anfangen.«

Gleichzeitig begannen wir zu suchen. Arbeiteten uns von Zettelstapel zu Zettelstapel, guckten das Regal durch, suchten in allen Schubladen. Ich fand allen möglichen Kram, eine ganze Reihe Spielzeugsoldaten, ein paar Playboy-Hefte, zwei alte Handys. Aber nichts wirklich Peinliches. Hatten wir die ganze Sache umsonst gemacht? Ich suchte immer hektischer, kümmerte mich nicht mehr um Vorsicht. Aber ich fand einfach nichts. Nochmal die Schubladen durch, nichts Neues. Oh Mann, irgendwas musste es doch geben.

Und dann hob ich den Stapel alter Bravo-Sport-Zeitschriften

in der untersten Schublade des Schreibtisches hoch, anstatt ihn wie vorher bloß zu durchsuchen. Und darunter, auf dem hellbraunen Schubladenboden verteilt, lagen die Fotos. Ein Kind um die sieben Jahre hielt jeweils eine Barbiepuppe in jeder Hand und lächelte mich an. Auf dem Bild daneben trug es ein rosa Feenkleid und hielt einen Zauberstab.

Ich fasste eins der Fotos, vorsichtig, als könne es zerbrechen. Dann griff ich den ganzen Haufen mit gierigen Fingern.

»Leo«, sagte ich viel zu laut, aber ich konnte meine Stimme einfach nicht leise halten, das war zu gut. »Leo, guck mal hier.«

Ich hielt ihm meinen Fund vors Gesicht. Leo starrte darauf, sein Mund klappte auf wie bei einer Comicfigur.

»Ist das … Dunker?«

»Ja klar, sieht man doch.« Mir fielen da besonders der schmale Mund und die hohen Wangenknochen auf. Ich hielt ihm das Bild näher hin. »Mann, das ist es. Damit haben wir's! Damit ist der am Ende.«

Leo kniff die Augen zusammen.

»Das ist doch überhaupt nicht so schlimm. Mit Barbies spielen und Prinzessinnenkleider tragen. Das ist doch jetzt wirklich nicht so was Schlimmes.«

»Ja, normalerweise nicht.« Ich konnte meine Stimme immer noch nicht ruhig halten. »Aber für so einen wie Dunker ist das der Untergang. Überleg doch mal, genau das haben wir doch gesagt. Der tut immer übertrieben auf Gangster – und dann hängen plötzlich solche Bilder in der Schule. Das ist tödlich, ich sag's dir. Und das Beste: Die Bilder wird er ja nicht los. Die können wir immer wieder raushauen. Alles andere passiert nur einmal und ist dann vorbei. Aber die Bilder hier«, ich wedelte damit rum, »die wird der nie mehr los.«

»Hört sich schon ganz geil an«, sagte Leo und nahm mir eins der Fotos aus der Hand, sah es sich genau an und grinste plötzlich wie ein Otto. »Guck mal die Rückseite.«

Er hielt sie mir entgegen, und ich konnte es wirklich nicht glauben, aber da stand tatsächlich:

**Mein Bastiherz. Kannst du dich noch daran erinnern?
Ich denke gerne an meinen Enkel. Deine Omi**

»Das gibt es echt nicht«, meinte Leo. »Das ist ja so was von geil!«

Wir schlugen ein.

»Sag ich doch. Jetzt müs-«

Die Treppe knackte, und ich verstummte.

Leider konnte es nicht die Katze sein, die tigerte hier im Zimmer rum. Überhaupt, was für eine Scheiße, nur ein Mensch wog genug, um die Treppe knacken zu lassen – ein gleich sehr, sehr wütender Mensch. Fuck.

Und dann hörten wir auch schon die Schritte. Waren versteinert, denn wo sollten wir uns auch verstecken? Unters Bett ging nicht, das war zu flach, und in den Schrank hätte höchstens einer gepasst. Und dann hörte mein Herz einfach auf zu schlagen, Arbeitsverweigerung, Stillstand. Denn jetzt bewegte sich die Klinke nach unten, und die Tür schob sich auf.

22

Es war nicht Dunker. Es war Dunkers Mutter. In der einen Hand hielt sie die Klinke, mit der anderen einen Stapel Wäsche. Sie war klein und hatte blonde Haare, sah meiner Mutter erschreckend ähnlich. Nicht so, dass sie Geschwister sein könnten, aber schon entfernte Verwandte. Ihr Gesicht war nur nicht so erschöpft, und um die Hüfte rum war sie gepolstert.

Sie starrte uns an, den Mund leicht geöffnet, wir starrten zurück. Niemand holte auch nur Luft.

Und wieder war es die Katze, die den ersten Schritt machte. Sie tippelte zu Dunkers Mutter und rieb schnurrend den Kopf an ihrem Bein. Dunkers Mutter blickte nach unten und dann wieder uns an: »Was … macht ihr denn hier?«

Ich schielte zum Fenster. Erster Stock, mit professionellem Abrollen bei der Landung ging da bestimmt ein Sprung. Aber ich war mir ziemlich sicher, dass ich mir dabei nur professionell das Genick brechen würde.

Also glotzte ich bloß Dunkers Mutter an und hatte keinen Plan, was ich sagen sollte.

»Wir haben nur ein paar DVDs gesucht, Dunk… äh, Basti hat die vergessen mitzubringen und meinte, ob wir die nicht für ihn holen können.« Leo versuchte freundlich zu lächeln und zog dabei eine echt gruselige Grimasse. Er hob die Crank 2 DVD vom Boden auf und wedelte damit rum.

»Aber jetzt haben wir auch alles.«

Dunkers Mutter stand noch einen Augenblick unschlüssig da, eigentlich viel zu kurz, dann lächelte sie matt.

»Ach so, ich wollte euch nicht stören. Tut mir leid«, sie ging rein und legte den Stapel Wäsche auf Dunkers Bett. »Ihr findet ja den Weg nach draußen. Tut mir echt leid, ich wollte euch wirklich nicht erschrecken oder so etwas.«

Damit verließ sie das Zimmer, und die Treppe knackte. Leo und ich sahen einander an, jetzt hatte ich den Mund offen wie eine Comicfigur. Was machte die denn, wenn ein Horrorfilmkiller in ihr Haus kam?

Ja, meine Familie schläft oben, Sie finden den Weg schon, ist eigentlich nicht zu verfehlen?

»Let's get the hell out of here«, sagte Leo, und das musste er mir nicht zweimal sagen.

Ich steckte die Fotos in die hintere Hosentasche. Dann gingen wir langsam aus dem Zimmer, die Treppe hinunter, und es fiel mir so was von schwer, nicht zu rennen; die Katze folgte uns. Durch die Haustür gelangten wir nach draußen, dann schnell ab ins Maisfeld, um unsere Fahrräder zu holen.

Der Katze schien es da drin so gut zu gefallen wie mir. Sie sah uns an, miaute zum Abschied und verschwand zwischen den Pflanzenreihen.

»Lass uns einfach die Straße hier weiterfahren, dann treffen wir nicht auf Dunker.«

Ich zeigte in Richtung Wiesen.

Leo nickte, und wir traten in die Pedale wie gedopte Radsportler – nicht noch im letzten Moment Dunker treffen. Aber auch als wir schon außer Sichtweite von Dunkers Höhle waren, hörten wir nicht auf mit dem Tempo. Wir hörten nicht auf, obwohl mein rechter Oberschenkel bei jedem Tritt aufschrie, wir machten immer weiter, wir zischten durch die Welt, die Kühe mit ihren trägen Augen sahen uns gar nicht und zuckten bloß mit ihren plakettengepiercten Ohren.

Wir hatten uns hoffnungslos verfahren.

»Wir hätten doch vorhin rechts abbiegen müssen.« Leo saß auf einem Felsbrocken und grinste. »Ich glaube, wenn wir bei Lost wären, dann hätten wir uns sogar am Strand verlaufen.«

Ich lachte, das schmerzte an den Rippen.

»Wenn wir bei Lost wären, hätten wir gar keine Zeit, uns zu verlaufen, weil uns eine von den Tausenden Gefahren locker schon umgebracht hätte. Es können ja nicht alle so viel Glück haben wie die Hauptfiguren.«

»Du wärst vor mir tot, ich kann schneller rennen.«

»Das heißt, du rennst als Erstes in irgendwelche Fallen oder Eisbären rein.«

»Never.«

»Na sicher.«

»Ach, du hast doch keine Ahnung.«

Leo winkte ab, und ich setzte mich zu ihm auf den Fels. Wir guckten uns die Fotos noch einmal alle an. Das Barbiemotiv, wie Dunker da auf einem Fellteppich saß und in die Kamera lächelte, gab es nur zwei mal. Das Feenkleid hatte Omi allerdings besonders gemocht: Da gab es Dunker draußen vor grünen Büschen, es gab ihn auf einer kleinen Mauer mit dem sternköpfigen Zauberstab in der Hand, und es gab ihn zwischen weiß blühenden Kirschbäumen.

»Und guck mal hier«, meinte Leo und lachte sein Müder-Hund-Lachen. »Da gab es einen Kleidwechsel. Hier ist er ein Prinzesschen.«

Er hielt ein Foto in der Hand, auf dem Dunker in einem langen weißen Kleid auf einem antiken Holzstuhl saß, im Hintergrund ein fast genauso antiker dunkler Schrank.

»Die Oma hat ja echt Spaß mit dem gehabt«, sagte ich und betrachtete ein Bild, auf dem er uns seine rot lackierten Fingernägel präsentierte.

Wir guckten noch eine ganze Weile durch die Fotos, und ich dankte Omi im Stillen dafür, dass sie sich wohl lieber eine Enkelin gewünscht hatte.

»Der wird das bereuen, dass er sich mit uns angelegt hat«, meinte Leo irgendwann grinsend.

Ich kaute auf meiner Wange rum.

»Findest du es eigentlich nicht komisch, dass Dunkers Mutter uns das einfach so geglaubt und uns in Ruhe gelassen hat?«

»Du meinst: *Es war zu einfach.* Und jetzt muss doch noch die schreckliche Falle zuschnappen?« Leo schlug mir auf den Rücken. »Du guckst wirklich, wirklich zu viele Filme.«

»Nein, das mein ich nicht. Ich mein, sie hätte doch wenigstens einmal nachfragen müssen, wo wir denn genau wohnen oder wie wir heißen oder irgendwas.«

»Warum denn?«

»Na ja, so als Testfrage. Sie wird ja vielleicht wissen, wo Dunker gerade hin ist oder mit wem er so abhängt.«

»Ich weiß echt nicht, was du sagen willst.«

»Ja … ich auch nicht.«

Wir ließen das Thema und chillten auf dem Felsbrocken. Da die Sonne aber langsam in Richtung Baumkante sank, mussten wir bald wieder los. Außerdem hatten sich alle Mücken der Gegend zusammengerottet, um uns leer zu saugen. Denn obwohl wir durchgehend mit den Händen wedelten und Mücke um Mücke auf unseren Armen, Beinen, dem Nacken, dem Hals erschlugen, juckte bald mein ganzer Körper.

Wir fuhren den Weg zurück, um zur Stelle zu kommen, wo wir nach Leos Meinung vorhin hätten abbiegen müssen. Wir fanden sogar dorthin und bogen ab.

Leo hatte so halb recht, wir kamen zwar irgendwann in Wolstedt an, es war aber schon dunkel, und wir hatten den wahrscheinlich größtmöglichen Umweg gemacht.

»See ya.« Leo hob die Hand zum Gruß und verschwand in der Düsternis, verschmolz mit der schummrigen Schwärze.

Ich sah ihm lange nach. Guter Freund, echt ein guter Freund, den ich da hatte.

Vor meinem Haus stand ein Polizeiwagen.

Fuck.

Ich bremste ruckartig, packte mich dabei fast hin. Stieg wacklig vom Rad, konnte den Blick nicht von dem blau-weißen Wagen da auf dem Grünstreifen vor unserem Haus nehmen. Also doch verkackt. Wäre ja auch zu schön gewesen.

Obwohl, noch konnte ich fliehen, vielleicht bei Leo untertauchen. Vielleicht hatten sie den noch nicht identifiziert.

Aber wenn ich mir vorstellte, dass die da gerade vor meiner Mutter standen und ihr erzählten: »Ihr Sohn ist ein Krimineller. Sehr ausgeklügelte Bandenkriminalität. Arbeitet sogar mit Katzen als Spähtieren«, hatte ich es plötzlich sehr eilig.

Ich rannte zur Haustür, schloss sie auf, rein in den Flur, »Hallo?« ins Wohnzimmer.

Meine Mutter saß zusammengesunken auf dem Sessel und lächelte mich an, müdes Lächeln.

Ich drehte mich nach allen Seiten um, von der Polizei nichts zu sehen.

»Hey«, sagte meine Mutter.

»Hey«, sagte ich. »Was macht denn der Polizeiwagen da draußen?«

»Ach, unsere beiden Nachbarn sind wohl ziemlich heftig aneinandergeraten. Da hat die Frau Katzmeier von gegenüber die Polizei gerufen.«

»Ach so«, sagte ich und hätte meine Mutter umarmen und einen Freudentanz mit ihr aufführen können.

»Und, ein bisschen rausgekommen?«, fragte meine Mutter. Die hatte sich bestimmt Sorgen gemacht, sonst wäre sie längst im Bett gewesen.

»Ja.« Ich setzte mich aufs Sofa. »Jetzt geht es mir besser.«

Kurz nur das Surren der blöden Steckleiste hinten beim Fernseher, dann ich wieder:

»Wie war's bei Opa?«

»Schön. Der hat sich gefreut.«

»Bist du danach noch gefahren?«

»Nein. Irgendwie war ich zu platt.« Meine Mutter versuchte ein Gähnen zu unterdrücken, scheiterte aber.

»Was hältst du davon, wenn wir morgen beide krank sind?«

Ich lächelte und streichelte meiner Mutter über den Rücken.

»Geh mal ins Bett, Mama.«

Meine Mutter stützte sich aus dem braunen Stoffpolster hoch, als wöge sie 200 Kilo.

»Du hast ja recht, Papa.« Sie schlurfte auf mich zu, gab mir einen Kuss auf die Stirn, das machte sie sonst nie. »Gute Nacht.«

»Gute Nacht.«

Und auch meiner Mama blickte ich nach, obwohl ich sie nicht sehen konnte, durch die Wände. Hatte genau vor Augen, wie sie sich fertig machte, um allein ins Bett zu gehen und sich morgen zur Arbeit zu quälen. Mann, was war denn heute los mit mir?

Ich aß noch ein trockenes Brot und legte mich dann ebenfalls ins Bett. Schlafen konnte ich nicht, wie auch? Alles an mir kribbelte, als ob ich morgen ein Date mit Carla hätte. Ich hatte nur eins mit Dunker, aber das reichte, das reichte dicke. Triumph. Besiegen des Endgegners.

Obwohl, warum eigentlich kein Date mit Carla? Sie mochte mich offensichtlich, also warum nicht fragen. Warum nicht? Mir fiel kein Argument dagegen ein, also beschloss ich, morgen Carla nach einem Date zu fragen *und* Dunker fertigzumachen.

23

Das Toastbrot quälte sich meine Kehle runter. Ich räusperte mich, als hätte ich nicht einen Frosch, sondern eine riesige, fette Kröte im Hals. Ich hatte irgendetwas geträumt, konnte mich aber einfach nicht mehr daran erinnern. Nur an das Gefühl, mit dem ich aufgewacht war, und das war kein gutes. Ich hätte mich freuen sollen auf diesen Finaltag, gar nicht erwarten können, dass er anfängt. Und stattdessen hatte ich ein ungutes Gefühl wegen eines Traumes, an den ich mich einfach nicht mehr erinnern konnte, so sehr ich es auch versuchte. Toll.

Ich sagte meiner Mutter Tschüss, und los ging es zur Schule. Auf dem Weg hob ich kurz meine Hände und betrachtete sie, beide zitterten. Mir war schlecht vor Aufregung, und die Euphorie von gestern konnte ich gar nicht mehr verstehen.

Leo wartete am Fahrradständer.

»Bereit für den Tag des Sieges?« Er zog die Fotokopien ein Stück aus seinem Schulrucksack. »Wollen wir jetzt gleich die Ersten anbringen?«

»Lass doch lieber nach der Sechsten, da laufen dann alle dran vorbei, wenn sie nach Hause wollen.«

Das war zwar kein schlechtes Argument, aber in Wahrheit wollte ich Zeit gewinnen. Zeit gewinnen, mich zu ordnen, weil ich überhaupt nicht wusste, was in mir drin los war. Auf der einen Seite merkte ich jetzt doch eine mörderische Vorfreude auf Dunkers Gesicht, wenn wir die Fotos anbrachten, auf die Leute, die ihn auslachten. Auf der anderen war da immer noch dieses Gefühl aus meinem Traum, dass das scheiße war, das Ganze. Nicht, weil ich Angst davor hatte, sondern einfach so ein Gefühl, dass das vielleicht doch nicht in Ordnung war, was wir da machten. Dass es trotz aller Aktionen von Dunker irgendwie doch nicht in Ordnung war.

»So lange warten?« Leo rümpfte die Nase, als stinke die Idee gewaltig.

»Aber es lohnt sich.«

»Ja, okay. Stimmt auch wieder.«

In der zweiten großen Pause – an meinem Gedankenwirrwarr hatte sich in Mathe und Politik leider rein gar nichts geändert – gingen wir in der Aula rum, und dort sah ich Dunker.

Was, wenn seine Mutter ihm von uns erzählt hatte und gleich King Kong und die Affenbande in die Schule kommen und uns und die Schule gleich mit zerstören würden?

Schweiß drückte sich aus meiner Haut.

Plötzlich sah Dunker zu uns rüber, grinste wölfisch und guckte wieder weg. Kein Wissen in seinem Blick, keine Wut, nur Triumph und das Versprechen von einigen Schellen in der Lateinstunde am Mittwoch. Puh.

»Das wird so witzig.« Leo hatte mehr Euphorie, als wenn er von seinen Siegen bei Call of Duty erzählte.

Ich nickte, aber jemand anderes klaute meine Aufmerksamkeit. Carla ging mit einer Gruppe Mädchen durch die Aula.

Gina aus meiner Klasse – die beiden hielten Händchen –, Isa und zwei heiße Minirockträgerinnen aus der Parallelklasse, Marie und Patricia. Und plötzlich wusste ich, was ich zu tun hatte: Das war der Finaltag, hatte ich doch selbst gesagt. Ich hatte es mir vorgenommen, jetzt musste ich es nur noch machen.

»Ich muss mal kurz was erledigen«, sagte ich zu Leo, der nickte und verdrehte dabei die Augen, dann ging ich der Mädchengruppe hinterher.

Sie verließen die Aula und bewegten ihre wirklich hinreißenden Hinterteile in Richtung draußen – Carlas Hinterteil war natürlich auch hier noch eine Klasse besser, aber da konnte sich auch niemand mit messen.

Ich war jetzt fünf Meter hinter ihnen und mitten in einer Wolke aus Parfum, die ihnen nachschwebte. Konnte kaum atmen. Sie bemerkten mich nicht. Ich musste nur noch den Mund aufmachen und Carla fragen, ob ich sie einen Moment sprechen konnte, und dann musste ich sie nur noch fragen, ob sie mal nach der Schule Zeit hatte, nichts weiter, ganz einfach. Hast du vielleicht mal nach der Schule Zeit? Vielleicht noch ein bisschen cool dabei gucken, das war's. Ganz einfach, völlig einfach.

Aber warum eigentlich, wenn ihre Freundinnen dabei waren? Ich könnte sie auch morgen einfach in Geschichte fragen, das war doch viel besser. Oder ich schrieb ihr bei Facebook.

Aber heute war der Finaltag, und ich wollte sie heute fragen. Und ich wollte sie mutig hier und jetzt fragen, sodass das ruhig jeder mitbekam. Nicht heimlich in einer Geschichtsgruppenarbeit.

Doch irgendwie konnte ich mich noch nicht ganz überwinden und lief weiter in der Parfumwolke. Stalker. Aber es ging ja gleich los, ich musste mich nur noch eine Minute sammeln.

»Wisst ihr was, ich reg mich so auf, dass ich so viel Geld für diesen scheiß iPod ausgegeben habe«, sagte Gina und tippte auf dem Touchpad rum. »Hätte ich 'n bisschen was draufgepackt, hätte ich jetzt ein iPhone.«

»Ich versteh nicht, was ihr alle mit euren iPhones habt, Android ist viel besser.« Patricia wedelte mit einem Samsung-Handy rum.

»Jetzt mal 'n spannenderes Thema.« Marie stach Carla in die Seite. »Basti Dunker steht ganz schön auf dich, was?«

Carla stöhnte auf.

»Der Typ ist so eklig«, sagte sie, ich feierte, hätte fast losgelacht. »Ich hoffe, der checkt bald mal, dass ich nichts von ihm will.«

»Ich find ihn eigentlich ganz süß.« Patricia fuhr sich durch die dunklen Locken.

»Du«, Carla wuschelte ihr durch die Haare, »du hast einfach nen miesen Geschmack. Du findest ja auch Mark Schneider nicht heiß und JEDER findet Mark Schneider heiß.«

Alle nickten zustimmend und sagten »Oh ja« und »Huh«.

Ich ärgerte mich sehr. Aber heiß finden konnte Carla diesen Typen ja, solange sie sich in mich verliebte.

»Warum stehen eigentlich immer alle auf Carla?«, fragte Gina. »Selbst *Ferdinand Matschke* steht auf dich. Wenigstens so einer könnte doch mal auf jemand anderes stehen, auf *Fenja* oder so. Fenja und Ferdinand – das würde doch passen.«

Carla schüttelte den Kopf.

»Das würde kein bisschen passen, weil, wer sollte mir sonst das Geschichtsreferat fertig machen?«

Sie gackerten los wie sonst was, ich blieb stehen, hörte Isa noch sagen: »Ich finde es ja ehrlich gesagt ziemlich assi, wie du ihn ausnutzt«, sah Carla mit den Schultern zucken, und das war's. Die Lästerschwestern gingen weiter, nahmen die Parfumwolke mit, und ich stand da auf dem Schulhof, den Ellbogen von Carla Harske mitten in die Eier gerammt.

Das kann gar nicht sein, puckerte es in meinem Kopf, *das kann gar nicht passiert sein. So kann es nicht einfach mal eben zu Ende gehen.*

Aber das war es, und das wusste ich. Hatte Leo mal wieder recht gehabt, Carla Harske war eine Tussi. Eine fiese, eingebildete, herzlose Tussi. Sie hatte mich einfach nur verarscht.

Ich taumelte nach drinnen zu Leo.

»Alles in Ordnung?«

Ich musste ziemlich fertig aussehen, so wie Leo guckte.

»Passt schon. Lass uns jetzt einfach auf die Dunkerabrechnung konzentrieren, okay?«

»Okay.«

Und genauso meinte ich das: die Dunkerabrechnung. So richtig mit Dunker abrechnen, ohne Zurückhaltung. Denn die Frage, ob das vielleicht doch nicht in Ordnung war, war eine völlige Idiotenfrage. Das hatte ich jetzt begriffen.

Jetzt war mir nämlich klar, dass es einfach beschissene Menschen gab und dass man es diesen beschissenen Menschen einfach zeigen musste.

Eine Viertelstunde vor Schluss sagte Leo, er müsse mal auf Toilette, und schob sich mit den Fotos aus dem Bioraum nach draußen. Ich zeigte ihm unauffällig den Daumen.

Er kam nach sechseinhalb Minuten zurück und setzte sich neben mich.

»Und?«, fragte ich.

»Läuft. Hat alles geklappt. Und sieht sehr gut aus.«

Wir schlugen heimlich ein und warteten. Mann, konnte Zeit lahm sein. Aber irgendwann klingelte es, und wir rannten nach unten in die Aula.

Leo hatte nicht zu viel versprochen. An den Scheiben des Schuleingangs hingen vier Exemplare, am schwarzen Brett zwei, an den Wänden eine Menge, an einer Stelltafel in der Mitte drei und überall, wo es sonst noch so ging. Und auf jedem einzelnen sah man einen nackten, kleinen Dunker mit Barbiepuppen in der Hand.

Oben drüber die Kopie der Oma-Nachricht und natürlich der von uns verfasste Text:

Sebastian Dunker und seine Hobbys

Ein paar Schüler lasen schon. Nach und nach sammelten sich immer mehr um die Zettel, wie Fliegen um Kadaver. Sie lachten. Rissen Witze über Dunker. Wir setzten uns auf einen Tisch, die Zuschauer des großen Spektakels, bäm.

Dann kam er. Seine Zähne rissen ein Stück aus dem Müsliriegel in seiner Hand, und er ging grinsend auf die Zettel zu. Wollte wohl auch was zu lachen haben. Haru und Jannek liefen neben ihm her.

»Hey Basti, Püppchen. Wenn du Ken suchst, der hatte schon nach der Fünften Schluss«, rief jemand aus der Menge.

Dann lachten alle, und für mich hörte sich das an wie Siegesfanfaren. Eine ganze Reihe solcher Sprüche flog hinterher.

Dunker grinste jetzt nicht mehr, er drängelte sich zu einem der Zettel durch, blieb stehen, starrte darauf wie ein Roulettespieler, der alles auf die falsche Farbe gesetzt hatte, machte zwei Schritte rückwärts – die Aula hielt den Atem an –, dann wieder vorwärts, und er riss den Zettel runter und begann zu brüllen, genau gleichzeitig begannen die Leute um ihn rum zu feiern.

»Was ist das für 'ne Scheiße?« Dunker stürmte zu den Zetteln am Schuleingang und riss sie ab.

»Das hat sich irgendein Spasti ausgedacht, um mich zu verarschen!« Er riss weiter Zettel ab, und alle feierten weiter.

»Das bin nicht ich da drauf!«

Ich sah, wie Haru sich bis zum Boden bog vor Lachen, wie Jannek sein Grinsen einfach nicht zurückhalten konnte, wie Dunkers Kopf ein immer tieferes Rot annahm – und ich genoss das so sehr.

Das war es, was Dunker verdient hatte. Genau so. Genau so sollte es immer sein. Die lachten alle über Dunker. Dunker, dieses miese Opfer. Ja, Mann!

»Was ist denn hier los?« Die Stimme von Frau Wiegel hackte dem Spaß den Kopf ab, plötzlich lachte keiner mehr. Die Ersten machten sich davon, gingen einfach stumpf weg. Nach und nach folgten alle diesem Beispiel, während Frau Wiegel, den Zeigefinger vorgestreckt, nach jemandem suchte, den sie direkt ansprechen konnte.

»Du«, machte sie und zeigte auf einen rothaarigen Typen.

Der guckte weg und verzog sich. Beim vierten »Du« war Frau Wiegel bei Dunker angelangt, der Einzige, der nicht die Flucht ergriff, sondern einfach nur dastand.

»Du!« Sie kam auf ihn zu. »Was war hier los? Ist alles in Ordnung?«

Also wenn es jetzt eine Kampagne geben würde, weil man Dunker als Mobbingopfer entdeckte, dann würde ich da nicht drauf klarkommen, ehrlich nicht.

Dunker zerknüllte den letzten Zettel hinter seinem Rücken, und seine Stimme war so tonlos, ein Wunder, dass man nicht nur ein heiseres Knarren hörte.

»Ach nichts. Nichts Besonderes … ich … ich wollte einen Rückwärtssalto vorführen, das kann ich so gut, und die wollten mir das nicht glauben – ich hab es dann aber lieber sein lassen.«

»So einen Mist lässt du auch schön bleiben. Davon kann man querschnittsgelähmt werden!« Frau Wiegel hatte den Zeigefinger noch immer ausgestreckt.

»Ja, Sie haben recht.«

»Gut.«

Damit ging Frau Wiegel aus der Schule, klackernde Absatzschritte. Ich schaute zu Dunker, und fast wäre ich vom Tisch gekippt. Er sah uns direkt an, und sein Gesicht war so verschoben vor Wut, als ob es jeden Moment auseinanderbrechen würde, echt gruselig.

Leo lächelte und winkte ihm zu. Ich konnte auch nicht anders als zu grinsen. Da hatte jemand endlich mal bekommen, was er verdiente.

»Essen?«, fragte Leo.

»Essen«, sagte ich, und wir standen auf und ließen Dunker in der Aula stehen, mit dem Gefühl, mit dem er uns Tausende Male stehen, liegen oder sitzen lassen hatte.

Es gab Kartoffelsuppe mit Würstchen. Ich hatte solchen Hunger, ich hätte am liebsten nach einer Doppelportion gefragt.

»Wo setzen wir uns hin?«

»Da hinten?« Leo nickte mit dem Kopf mitten in die Mensa.

»Okay.«

Auf halbem Weg merkte ich, dass ich das Dessert vergessen hatte. Leo holte schon mal den Platz mitten in der Mensa, ich stellte mein Tablett auf einem Tisch ab und ging zurück zum Waldmeisterwackelpudding, danach wieder zu meinem Tablett.

Ich entdeckte Dunker ein Stück vor mir, er musste gerade hinter meinem Rücken hier reingekommen sein. Wahrscheinlich hatte er sich an mir vorbeigeschlichen, wahrscheinlich vermied er jetzt den direkten Kontakt mit uns, damit wir ihn nicht noch mehr bloßstellten. Tja, da konnte er lange drauf hoffen, morgen war die Nagellackqueen dran.

Ich nahm mein Tablett, jetzt mit Dessert, und setzte mich zu Leo. Der hatte schon die halbe Suppe leer und die Würstchenstücke rausgegessen. Einen Tisch weiter sah ich Kian, wie er sich mit einem Mädchen mit blondem Flechtzopf und feinem, spitzem Gesicht unterhielt.

»Morgen geht es in die zweite Runde«, meinte Leo.

»Oh ja.« Ich sah zu Dunker, der da ganz alleine mit seinem Müsliriegel saß. »Und übermorgen kommt dann das Prinzesschen.«

Leo lachte wie verrückt, und auch ich kicherte hechelnd und nahm meinen ersten Löffel Kartoffelsuppe. Noch nie hatte Mensaessen so gut geschmeckt. Ich begann mir das Zeug nur so reinzuschaufeln. Spürte irgendwas Hartes auf der Zunge, aber ich schluckte den Mist runter, Knochenstück oder so was halt. Moment, Knochenstück in einer Suppe aus Kartoffeln und Würstchen?

Und plötzlich schloss sich meine Lunge. Die Luftröhre zog sich zu wie eine Schraube. Druck füllte meine Augen, die wollten jeden Moment platzen, die fühlten sich auf einmal an wie eiternde Wespenstiche. Meine Zunge schwoll zu einer übergewichtigen Riesennacktschnecke. Fuck, Mann. Das war kein Knochenstück gewesen.

Leo begann laut zu schreien und riss sein Handy aus der Tasche. Er glotzte mich an, als würde ich gleich sterben. Und scheiße, damit musste er nicht unrecht haben. Nussallergie. Keine Medikamente mit. Fuck, fuck, FUCK. Alles drehte sich, alles dick, geschwollen, die ganze Welt geschwollen.

Aber eins sah ich noch ganz klar: Dunker. Ein grinsender Dunker, der da ganz alleine mit seinem Müsliriegel saß. Dunker, der da ganz alleine mit seinem NUSS-Müsliriegel saß. Er lächelte mich hasserfüllt an und zwinkerte mir zu.

Nein!

Und ich dachte noch, dass ich nicht abnippeln konnte, das ginge nicht klar, schon gar nicht ermordet von Dunker. Und dann war ich weg.

24

Ich wachte auf und war ziemlich erleichtert darüber. Das hieß ja, entweder war ich im Himmel, in einem zweiten Leben oder überhaupt nicht gestorben. Das war schon mal besser als gestorben und einfach weg, gar nicht mehr irgendwo aufwachen.

Es war düster, aber ein grauweißlich leuchtender Monitor stand rechts neben mir und warf ein schwaches Licht auf das Bett, in dem ich lag. In regelmäßigen Abständen piepte er, und die Linie, die da über den Bildschirm lief, sprang kurz nach oben. An meinem Oberkörper ertastete ich vier Aufkleber, von denen jeweils ein Kabel zum Monitor führte. Neben mir konnte ich ein Beistelltischchen ausmachen und weiter links die Umrisse eines zweiten, leeren Bettes. Okay, die Vermutung lag dann doch nahe, dass ich am Leben war und in einem Krankenhaus lag. Puh.

Ich tastete meinen Hals ab, nichts mehr geschwollen. Auch mein Gesicht war zwar sehr trocken, raue Haut, aber ansonsten ganz normal. Ich fühlte mich matt wie nach einer heftigen Wintergrippe, aber ansonsten schien alles so weit in Ordnung zu sein. Ich hätte ja gerne jemanden gefragt, was genau denn jetzt Sache war, aber ich traute mich nicht aufzustehen, weil diese Aufkleber ja noch an meinem Oberkörper hafteten. Also blieb ich liegen und hoffte darauf, dass die Zeit sich beeilte und es Tag wurde. Draußen zirpten die Grillen wie Sau, und neben mir piepte der Monitor.

Meine Gedanken waren ziemlich träge, schwappten vorwärts wie der Drecksfluss, aber nach und nach bekam ich die ganze Geschichte zusammen:

Während ich mir den Wackelpudding geholt hatte, war Dunker hinter mir langgeschlichen und hatte ein paar Nussstücke seines Müsliriegels in mein Essen getan. Dunker hatte versucht mich umzubringen. Er hatte versucht mich UMZUBRINGEN! War der Typ völlig durch? War das jetzt so wie im Western, mit rauchiger Stimme: *Diese Stadt ist zu klein für uns beide.*

Mann, ich konnte das gar nicht fassen. Ich begann zu schwitzen, meine Fäuste verkrampften wieder und das Piepen des Monitors erhöhte die Frequenz. Wer machte denn so eine Scheiße?

Damit köchelte ich so vor mich hin, und irgendwann legten sich auch die Grillen schlafen, und eine Zeit lang war es totenstill, bis die Frühaufstehervögel mit ihrem Gesang anfingen und die Sonne Dienstbeginn hatte.

Endlich, ich war kurz davor, mir die Aufkleber abzureißen und zu gucken, ob man mich vergessen hatte, öffnete sich die Tür, und ein Mann in weißem Kittel kam herein. Er hatte einen Stoppelbart, ein freundliches Gesicht und ein Schild mit der Aufschrift »Dr. Reus«.

»Guten Morgen«, sagte er und kam mit schnellen Schritten an mein Bett, »wie geht's uns denn heute?«

»Ganz gut«, sagte ich, »auf jeden Fall besser als in der Mensa gestern.«

Dr. Reus nickte und zog die Stirn in Falten.

»Das will ich doch hoffen, junger Mann. Das war nämlich wirklich nicht ohne, gestern, da hast du noch mal richtig Glück gehabt.«

Ich schluckte bei dem Gedanken, und jetzt fühlte es sich an, als wäre mein Rachen doch noch geschwollen. Vor meinen Augen Dunker, wie er mir zuzwinkerte.

Dr. Reus fragte mich ein paar Sachen, ob es hier oder dort wehtat und tastete an meinem Hals und meinem Bauch rum.

»Das sieht sehr gut aus. Wir können dich schon heute Mittag entlassen.«

»Echt? Ich dachte, ich bin fast gestorben.«

Dr. Reus zog die Augenbrauen hoch und strich sich über seinen Bart.

»Ja nun, das stimmt. Aber die allergische Reaktion ist vorbei. Von daher besteht kein akutes Gesundheitsrisiko mehr. Du kannst sogar morgen schon wieder in die Schule, wenn du dich gut fühlst.«

Dr. Reus musste dann weiter. Er ermahnte mich aber noch einmal eindringlich, immer, immer die Medikamente für meine Nussallergie dabeizuhaben, weil die bei mir ungewöhnlich stark wäre.

Ich nickte und dachte, dass ich einen kompletten Erste-Hilfe-Koffer mit mir rumschleppen musste, solange Dunker da war.

Meine Mutter kam um 9 Uhr. Sie öffnete die Tür ganz vorsichtig und schloss sie ebenso vorsichtig hinter sich. Sie setzte sich auf den weiß-ledernen Stuhl neben meinem Bett und guckte mich an. Sie guckte mich ewig an, und ich traute mich

nicht, etwas zu sagen, keine Ahnung warum. Und dann kullerten die Tränen wie wild aus ihren Augen, die Wangen hinab, und sie schluchzte, wie sie es noch nie getan hatte. Ja, diese Schluchzer waren das Schlimmste, was ich je in meinem Leben gehört hatte. Diese Tränen, das Schrecklichste, was ich je gesehen hatte. Ich fing auch an zu heulen, mindestens so doll wie sie, und das war echt nicht einfach. Meine Mutter umarmte mich, drückte mich fest, fest, fest, und wir heulten, da war nichts mehr dran feierlich.

»Ich hab solche Angst um dich gehabt«, flüsterte meine Mutter, als das Ganze ein bisschen abgeklungen war. Sie drückte mich noch einmal ganz fest, dann ließen wir einander los und schwiegen eine Weile.

Irgendwann räusperte ich mich und schlug vor, dass wir uns die Terra-X-DVD-Box holen sollten. Meine Mutter war einverstanden. So saßen wir noch eine ganze Zeit lang da und redeten darüber, was wohl als Nächstes kommen würde, bei Terra X.

Um 10 Uhr kam Leo, und ich war sehr erleichtert, dass der nicht auch noch zu heulen anfing.

Meine Mutter wartete draußen.

»Na, wie geht's?«

Er sah aus, als hätte er drei Nächte durchgezockt. Seine Augenringe wie Kriegsbemalung, seine Lippen vertrocknet.

»Halb so schlimm. Die Reaktion ist vorbei, und jetzt bin ich eigentlich wieder gesund, sagt Dr. Reus.«

»Gut.«

Einen Moment war nur das Piepen des Monitors zu hören. Leo räusperte sich.

»Sag mal, was glaubst du, wie der Nusskram in deine Suppe gekommen ist? Waren die Essensmütter zu blöd?«

»Ich denke nicht«, sagte ich, und wieder sah ich Dunkers Augenzwinkern, und am liebsten wäre ich aus dem Bett gestiegen wie Doc Ock, hätte alles zu Kleinholz gemacht und mir danach Dunker vorgenommen. Die Menschen hier im Krankenhaus hätte ich natürlich, anders als Doc Ock, verschont. Dunker – wenn ich wirklich vier Metallarme aus dem Rücken ragen hätte –, ich würde ihn mir schnappen und ihn zerquetschen. Er hatte hiermit nicht nur mich fast umgebracht, sondern auch meine Mutter. Und nach wie vor: Bei meiner Mutter hörte der Spaß auf.

Leo nickte bedächtig.

»Jo, ich glaube, Dunker war's. Dunker hat dir was ins Essen gemischt.«

»Ich auch. Ich bin mir sogar zu 99 Prozent sicher.«

»Dieser Wichser!« Leo ballte die Fäuste. »Hat der sie nicht mehr alle?«

Ich presste die Zähne fest aufeinander, schüttelte den Kopf.

»Nein, hat er nicht. Ich habe nachgedacht: Das ist zu weit gegangen, viel zu weit.«

Ich spürte ein Brennen von meiner Schulter bis in die Fingerspitzen. Ein zuckendes Brennen.

»Ja«, sagte Leo. »Ich überlege mir etwas. Ich mach ihn platt dafür.«

»Nein. Ich muss das machen. Er hat versucht mich umzubringen, also muss ich das machen. Ich muss es zu Ende bringen, verstehst du?«

Leo kniff die Lippen fest zusammen, sodass sie ihre Farbe verloren. Dann nickte er und sah mir in die Augen.

»Okay. Und nur, dass das klar ist: Egal was du machst, ich steh hinter dir.«

»Danke. Ich weiß.«

Und jetzt mussten wir doch fast anfangen zu heulen, aber zum Glück nur fast.

Als ich nach Hause kam, saßen Wiegel und Sabelmann zusammen auf Wiegels Terrasse und tranken Bier, acht leere Flaschen standen auf dem Tisch.

»Ach, Wiegel«, sagte Sabelmann zu laut und klopfte Wiegel kräftig auf die Schulter. »Ich muss sagen, du hast dich nicht schlecht geschlagen, zwischendurch hat's mir sogar Spaß gemacht, aber ich find das mit dem Trinken doch viel besser.«

»Prost«, sagte Wiegel, und die Bierflaschen schlugen aneinander.

Meine Mutter machte Kassler mit Sauerkraut und Kartoffeln, wir aßen schweigend, ich schmeckte nichts. In Gedanken war ich woanders, und mittlerweile kribbelte mein ganzer Körper brennend, so als brodelte mein Blut.

Ich lag auf meinem Bett und dachte an morgen. Ich hörte die Bierflaschen noch einige Male klingen und Wiegel und Sabelmann, wie sie immer ausgelassener redeten und lachten. Es wurde dunkel in meinem Zimmer, und ich schlief unruhig ein. Am nächsten Morgen stand ich auf, steckte mir mein Schnitzmesser hinten in den Hosenbund und ging zur Schule.

25

Warum habe ich das Messer mitgenommen?

Ich will nur mit Dunker reden, nur reden, da braucht man kein Messer. Und trotzdem steckt es in meinem Hosenbund, zwischen Boxershorts und Jeans, und ich sitze nur auf der linken Arschbacke, damit es sich nicht irgendwo reindrückt. Gucke zum hundertsten Mal in dieser Stunde auf die Uhr an der Wand links neben der Tafel, zwei Minuten, in zwei Minuten klingelt es zur großen Pause. Fast zwei Schulstunden lang sitze ich hier schon und habe immer noch keine Antwort darauf, warum das Messer nicht zu Hause in einer Schublade liegt.

Weil du gesagt hast, dass du es zu Ende bringen musst, und das musst du auf jeden Fall. So geht's halt einfach nicht weiter.

Mann, was denke ich da für Sachen! Krieg fast Schiss vor mir selbst. Aber es stimmt trotzdem, es stimmt trotzdem, das ist das Gruselige.

Nein. Nein, das ist Idiotenkram, ich habe das Messer mehr aus Sicherheitsgründen mit, ich will mit Dunker reden und fertig. Deshalb habe ich doch auch die Dunker-Fotos mit, damit wir das lösen können, ein für alle Mal.

Es klingelt zur großen Pause. Ich stehe auf, Leo macht fast synchron das Gleiche.

»Und jetzt?«

»Schulhof«, sage ich, und Leo nickt, und wir gehen schweigend nebeneinanderher, unsere Schultern berühren sich, obwohl der Gang genug Platz hat. Wir kommen nach draußen, die Sonne grell, und bewegen uns auf die Mitte des Schulhofes zu.

Ausschau halten nach Dunker. Kann ihn nicht ausmachen unter schreienden Fußballspielern, Mädchen, die in eingehakter Dreierformation über den Rasen laufen, und gelangweilt herumstehenden Grüppchen, aber er muss hier irgendwo sein, er wird niemals drinnen rumlaufen, da würden ihn noch viel zu viele Leute wegen der Fotosache auslachen. Der muss hier sein, hier geht man hin, wenn keiner einen fertigmachen soll, das weiß ich doch, ich kenne das doch.

Und wirklich! Da hinten, ganz dicht bei unserer Reihe aus Eichen- und Ahornbäumen, da zieht er seine Kreise, ein einsamer Wolf. Ha, das ist ein ziemlich cooler Anblick. Könnte mich auch damit anfreunden, dass Leo und ich hier stehen bleiben, ihm einfach zugucken, wie er da ganz alleine rumläuft. Aber das würde nichts lösen.

Ich gucke Leo an, er guckt mich an. Dann nicken wir uns zu, schon wieder fast synchron.

Ich gehe los. Meine Füße schwere Gewichte, die ich kaum vorwärtsbewegt bekomme, auf meiner Zunge ein bitterer Geschmack, ich teiche wie Sau. Und mit jedem Schritt, den ich Dunker näher komme, werde ich wieder wütender. Da ist der Typ, der mich ewig gequält hat. Der mir die Hose runtergezogen hat vor allen Leuten, der mich zusammenschlagen lassen und seine Zigarette auf meinem Arsch ausgedrückt hat. Der Typ, der Gertrude ermordet hat, der mich fast ermordet hat und damit auch fast meine Mutter. Ohne den wäre mein Leben und auch Leos Leben anders, besser gelaufen. Der Griff des Messers drückt mir in den Rücken, oh Mann, runterkommen jetzt, ich will nur mit Dunker reden, nur reden. Ich bin jetzt fast da.

»Dunker!«, sage ich laut, und man hört das Zittern in meiner Stimme kaum.

Dunker dreht sich um und tut überrascht, steht breitbeinig da, die Arme verschränkt.

»Ach, nee. Aasgeier. Bist du doch nicht verreckt?«

»Ich muss mit dir reden, Dunker«, sage ich und mache kurz vor ihm Halt.

»Aha. Da bin ich ja gespannt.«

Dunker bleckt die Zähne zu seinem Wolfsgrinsen.

»Pass auf«, sage ich und muss mich konzentrieren, ganz ruhig zu reden, ganz ruhig und vernünftig – obwohl dieses miese Brennen plötzlich überall in mir ist.

»Pass auf. Wir müssen aufhören damit. Das bringt doch nichts. Das können wir so nicht weitermachen. Mann, Sebastian, du hast mich fast umgebracht.« Das Messer, als schneide es mir hinten an meinem Hosenbund ins Fleisch.

»Wir müssen damit aufhören. Du hast deine Waffen, und wir haben die Fotos, die wir immer wieder und überall hinhängen können.« Ich hebe den Blick von seinen verschränkten Armen in sein Gesicht, seine Kiefer mahlen.

»Wir MÜSSEN aufhören, bitte, sonst passiert etwas, das keiner von uns will.«

Und jetzt schaue ich Sebastian Dunker das erste Mal richtig

in die Augen. Grüne Wolfsaugen. Die Pupillen groß und tiefschwarz.

»Sebastian, bitte. Schlag ein, und wir sagen allen, wir haben die Fotos im Internet gefunden, und die sahen dir nur ähnlich. Wir geben dir die Bilder und alle Kopien zurück. Wir machen nichts mehr, wir lassen dich in Ruhe, und du lässt uns in Ruhe. Für immer.«

Ich strecke meine Hand nach vorne, Dunker bewegt sich keinen Millimeter.

»Sebastian. Gib mir einfach die Hand.«

Der Schulhoflärm um mich herum nur noch gedämpft, als wären Dunker und ich in einem eigenen kleinen Vakuum. Ich schwitze, nicht mehr nur unter den Armen, sondern überall. Will einfach, dass es endlich zu Ende ist, er soll einfach einschlagen und gut. Will nicht mehr in die Wolfsaugen gucken, aber ich tue es.

Endlich öffnet Dunker den Mund, seine Zähne blitzen.

»Ich hab eine bessere Idee, du kleine Schwuchtel.« Er rückt den Kopf ein Stück vor.

»Ihr sagt, dass diese ganze Fotoscheiße ein Fake war. Ihr macht nie wieder irgendwas, das mich stören könnte, hä. Du verbeugst dich jetzt vor mir und sagst: Es tut mir schrecklich leid, Basti. Und dann, dann überleg ich mir, ob dein zweites Meerschweinchen noch ein paar Blätter knabbern darf und du keine Nüsse mehr in dein Essen bekommst. Und weißt du was, hä? Für dieses Angebot solltest du dankbar sein. Schwanzlutscher.« Dunkers Kopf jetzt ganz dicht an meinem, sein Atem riecht wohl nach Kaugummizeugs, aber für mich nur wie Blut.

»Also, Aasgeier. Verbeug dich und sag: Es tut mir schrecklich leid, Basti. Oder du hast vielleicht nächstes Mal weniger Glück.«

Das ist alles? Das ist alles, was Dunker mir dazu zu sagen hat? Da mache ich ein Friedensangebot, damit alles gut ist, damit diese ganze Scheiße aufhört, und dann so was? Ganz langsam, ganz ruhig und bedächtig, so wie Leo Dunker verprügelt hat, bewege ich meine Hand nach hinten zum Hosenbund. Sie legt sich um den Griff des Messers, das glatte Holz.

Das ist wirklich alles, was Dunker einfällt zu meinem Friedensangebot? Verbeug dich vor mir, dann bring ich dich nicht um, aber fertig mache ich dich immer noch, wann und wie ich es will? Meine Finger spannen sich fest um den Griff des Messers, fest, fester.

Und ich muss wieder an die ganzen Sachen denken – Latein, die großen Pausen, das Gewerbegebiet. Gertrude, PUCK. Leo mit Fleischsalatbrötchen im Haar, Leo mit geballten Fäusten, Kian, der seinen Bruder nicht mal grüßt. Meine Mutter. Meine Mutter, ständig erschöpft, weil ich ihr nur Sorgen mache, und dann schluchzend neben mir am Krankenhausbett.

Und durch meinen Körper geht plötzlich ein Ruck, und Dunker guckt ganz verblüfft, und für einen Moment denke ich, dass das Messer in seinem Bauch steckt, weil die Bösewichte in den Filmen auch immer so verblüfft gucken, wenn ihr Ende gekommen ist.

Aber das Messer ist noch in meiner Hand und geruckt habe ich, weil mir etwas gegen den Knöchel geprallt ist. Ein Fußball.

Ich drehe mich nach rechts, die Sonne blendet, eine kleine Gestalt läuft auf mich zu, die Bewegungen fast ein bisschen wie

Leos. Dann ist Kian ein paar Meter vor uns und zeigt auf den Ball. »Kann ich?«

Wie in Trance bewege ich mein Bein vorwärts und trete gegen den Ball, treffe ihn nicht richtig, sodass er rechts von Kian landet und der ein paar schnelle Ausfallschritte machen muss.

»Danke«, sagt Kian und schaut mich ganz komisch an und schaut Dunker ganz komisch an, der noch immer breitbeinig und mit zusammengekniffenen Augen dasteht. Kian hebt seinen Fuß auf den Ball und hört nicht auf, mich so komisch anzuschauen, dann geht sein Blick nach hinten zu Leo.

»Also, wenn du willst«, sagt er ein bisschen heiser, »können du und Leo ja 'ne Runde mitspielen. Da kommen ja eh immer alle möglichen Leute dazu.«

Ich atme tief ein, als hätte meine Lunge unendlich Platz, und genauso lange atme ich auch wieder aus. Dann drehe ich mich zu Dunker, ich schaue in die großen dunkelgrünen Wolfsaugen, ich greife nach hinten, ich ziehe die Dunker-Fotos aus der Tasche und werfe sie ihm vor die Füße.

»Ich brauch die nicht mehr«, sage ich. »Was du jetzt machst, ist mir scheißegal.«

Ich nicke Kian zu und folge ihm, winke Leo heran. Der läuft zu uns, und sein Haarteppich wippt dabei auf und ab.

»Hey, Ferdinand«, ruft Dunker mir nach ein paar Metern hinterher. »Kann ich ja nicht wissen, dass du von einer Nuss gleich fast abkratzt. Kann ich ja nicht ahnen.«

»Schon okay, Basti«, murmle ich wie einer, der Selbstgespräche führt, und in meinem Kopf sehe ich Leo, wie er mit Kian FIFA zockt und dabei wild herumzappelt und auf den Holzfußboden einschlägt. Ich sehe Leo und mich im Gewerbegebiet stehen, ich sehe uns an Klavier und Bass versagen in meinem Zimmer, sehe uns wild über *Superblut* diskutieren, und ich sehe meine Mutter, wie wir nebeneinandersitzen und Terra X gucken. Und ich weiß plötzlich, so, wie dieser komische Typ aus dem Physikunterricht »Heureka« geschrien hat, weiß ich plötzlich, dass Dunker mit seinem Leben, das aus Jagen und Zerfleischen besteht, nichts daran ändern kann, wie groß all das ist, was ich habe. So groß, dass ich es mir nicht kaputt machen werde.

Egal, was du machst, ich stehe hinter dir, hat Leo gesagt, und ich weiß, dass er es auch hierbei tut.

Und ich weiß auch, dass uns wahrscheinlich einige gleich schief angucken werden beim Fußball, wahrscheinlich kommen sogar ein paar dumme Sprüche. Und nach fünf oder zehn Minuten werde ich mir entweder den Fuß gebrochen oder keine Puste mehr haben, und Leo, der eigentlich nicht so schlecht Fußball spielt, wird mit mir zusammen Pause machen. Und dass ein paar Leute, vielleicht Freunde von Dunker, lachen werden darüber, das wird mir überhaupt nichts ausmachen. Ich werde froh sein über die fünf Minuten, und dass ich mir hoffentlich nicht den Fuß gebrochen habe und überhaupt. Und das andere wird mich nicht stören.

Ich bin jetzt unverwundbar – so wie Hulk. Ja, genau wie Hulk, nur anders.

DANKSAGUNG

Ich danke Lara De Simone und Julian Großherr für jeden Kommentar, für jede Diskussion und für jedes Begeistern. Das hier ist auch euer Buch.

Ich danke meiner Lektorin Katharina Gerhardt für die beste und angenehmste Zusammenarbeit, die ich mir nur irgendwie hätte vorstellen können.

Ich danke Katrin Weller und dem gesamten Oetinger34-Team für das Vertrauen in mich.

Ich danke Kristin Neugebauer, Lea Götz, Emily Grunert, Thomas Klupp und Katrin Zimmermann für jeden Verbesserungsvorschlag und für jedes Motivieren.

Ich danke Natalie Matt, Lisa Möller, Stefan Schröder, Nicolas Ehricke und Lukas Matthes – ich hoffe doch, ihr wisst wofür.

Ich danke meiner Familie und meinen Freunden, auch wenn das voll klischeehaft ist. Aber mal im Ernst: Ihr macht mein Leben so viel heller, ich bin so froh über jeden Einzelnen von euch, ihr großartigen Menschen.

In Ermangelung einer superknalligen Schlussphrase wie *Love Always* oder *Live your dreams*, einfach nur:

Euer Silas

7 FRAGEN AN SILAS MATTHES

© Stefan Schröder

Kopf oder **Zahl?**

☒ ☐

Lasagne oder **Kassler mit Sauerkraut?**

☒ ☐

Zombieapokalypse oder **Zeitreise?**

☐ ☒

3 Sätze über dich: *Ich bin Silas, 22, und wenn ich nicht gerade studiere oder schreibe, verreise ich, spiele Handball, Beachvolleyball oder Klavier und genieße das Leben mit meinen Lieblingsmenschen. Ich glaube, dass Lachen zu den großartigsten Dingen auf dieser Welt gehört. Mein Lieblingssuperheld ist Spiderman.*

Warum Oetinger34? *Ein ganz neues Imprint, das gezielt Debütanten sucht und in dessen Rücken ein Riese wie die Verlagsgruppe Friedrich Oetinger steht – na ja, habe ich mir gedacht, ich wäre ein ganz schöner Trottel, wenn ich es nicht mal versuchen würde.*

Was ist das Besondere an deinem Text? *Oh, ich denke mal, das variiert von Leser zu Leser. Für mich ist es wahrscheinlich die Mischung aus Humor und Tragik, aus Lockerheit und Ernst, aus Hoffnungslosigkeit und Hoffnung. Und natürlich die Freundschaft zwischen Fred und Leo, die ist wirklich etwas ganz Besonderes.*

Ein Gruß an deine Leser: *Moin!*

LES DERNIERS GÉANTS

"Lettres anglo-américaines"

Titre original :
Damnation Spring
Éditeur original :
Simon & Schuster, Inc., New York

ISBN 978-2-330-17413-2

ASH DAVIDSON

Les derniers géants

roman traduit de l'anglais (États-Unis)
par Fabienne Duvigneau

ACTES SUD

Pour mes parents, Susan et Dean Davidson

Ils ne ressemblent à aucun arbre que nous connaissons

John Steinbeck

Il est plus facile de mourir que de déménager…

Wallace Stegner